Sale temps pour le pays

Michaël Mention

Sale temps pour le pays

Collection dirigée par
François Guérif

Rivages/noir

Retrouvez l'ensemble des parutions
des Éditions Payot & Rivages sur

www.payot-rivages.fr

106, boulevard Saint-Germain – 75006 Paris

ISBN : 978-2-7436-2399-9

Ce roman est fondé sur la série de crimes commis dans le nord de l'Angleterre, entre 1975 et 1981. Par respect pour leurs proches, l'identité des victimes et des enquêteurs a été modifiée. Seuls demeurent les circonstances des décès, les étapes de l'enquête, les affiches de sensibilisation et les articles de presse.

Merci à Jane Widdess, Michael Tingay et Stéphane Bourgoin pour leurs précisions, ainsi qu'à Élodie, Marie-Claire et François pour leurs relectures. Enfin, merci à François Guérif ainsi qu'à toute l'équipe de Rivages/noir pour leur confiance et leur bienveillance.

Une pensée pour Jeanne et Benjamin, qui savent pourquoi, et une autre pour Élodie, qui sait à quel point…

« N'attendez pas le Jugement dernier. Il a lieu tous les jours. »

Albert CAMUS
La Chute, 1956

« Et quoi ? Je devrais rentrer et dire "Salut, chérie ! Tu sais quoi ? Aujourd'hui, j'ai vu un connard de junkie qui a mis son bébé au micro-ondes, parce qu'il pleurait. Allez, je partage ça avec toi ! En le partageant, on va en somme se purifier de toute cette haine." Eh bien, non. Tu sais pourquoi ? Je m'accroche à mon angoisse. Je la protège, parce que j'en ai besoin. Je reste vif, sur la brèche. Il le faut. »

Inspecteur Vincent HANNA,
à son épouse
Heat, Michael Mann, 1995

22 mars 1979

Agence locale du *Daily Mirror*, Manchester.

Ce matin, comme tous les jours, la rédaction du quotidien le plus vendu du pays est en émoi. Brouhaha mêlé de sonneries téléphoniques, de cliquetis de machines à écrire et d'infos criées d'un bureau à l'autre. Un chaos à l'image d'une société ébranlée par un million et demi de chômeurs, d'interminables grèves de mineurs et d'ouvriers, des émeutes raciales, ainsi que des attentats perpétrés par l'I.R.A. Bref, une Angleterre loin, bien loin de ses sixties euphoriques et de son Swinging London.

Pigistes, correspondants et chroniqueurs s'agitent dans une cohue qui rythme la plate-forme jusqu'à la salle de réunion. Derrière la porte, des murs beiges, un nuage gris de tabac, une cafetière noire, des tasses bleues et une table ovale blanche, où sont réunis les sept chefs de service. Silencieux, tous observent l'homme assis en bout de table, qu'ils surnomment en secret « Darth Vader ». De cette icône du Mal, le directeur du *Mirror* n'a en fait que les initiales, puisqu'il s'appelle Dennis Vaughn.

Qu'il pleuve, qu'il vente ou qu'il « choc pétrolier », celui-ci est toujours affublé de bretelles, qui soutiennent son éternel pantalon en velours châtaigne. Vaughn, c'est cinquante-huit ans d'une existence vouée à l'objectivité journalistique... dont il se réclame autant que du parti travailliste. Son surnom, il le doit à son caractère, qui fait la terreur de la rédaction.

C'est pourquoi tous redoutent son avis sur la maquette de demain ; 70 % de la trame originelle en attendant les 30 % hypothétiques de scoops. De l'index droit, il rajuste ses lunettes, puis s'adresse au chef du service politique :

– Lewis, je trouve votre article sur Thatcher un peu trop complaisant.

– Monsieur, ce n'est pas moi qui l'ai rédigé, mais...

– ... « Alistair Widward », lequel semble faire l'éloge de cette pute de Margaret.

– Il a simplement insisté sur son ambition, qui pourrait lui permettre de devenir notre prochain Premier ministre.

– Une femme ? s'esclaffe l'économiste en chef. À la tête du pays ?

– Ne riez pas, Sanders. Au regard des derniers sondages, c'est une éventualité fort probable... qui semble réjouir Lewis.

– Bien sûr que non ! se défend l'intéressé.

– Tant mieux, car si vous bandez pour les Conservateurs, allez bosser au *Sun* !

Les autres échangent un regard, cette allusion n'étant pas anodine. Vaughn n'a jamais digéré que leur concurrent ait volé à Shakespeare son « Winter of discontent » pour évoquer la récente période de grèves. Un article politique doublé d'une référence à *Richard III*, il fallait y penser. Cette idée, Vaughn aurait aimé l'avoir, si elle n'avait pas été antitravailliste. L'un de ses collaborateurs dissimule un sourire dans sa paume. Du moins, il croit le faire, car Vaughn l'apostrophe :

– Cessez de vous gausser, Greenway. Votre sujet sur le National Front est également à revoir, pour éviter que ses skins nous accusent de diffamation.

– Je n'ai fait qu'évoquer ses lynchages dans les quartiers noirs et…

– … ses candidats aux prochaines législatives. Le problème, c'est votre phrase sur « l'essor menaçant de l'extrême droite, cancer des valeurs britanniques ».

– Je vous rappelle qu'à Londres, il a tout de même eu plus de cent mille voix.

– Je n'ai pas oublié, comme je n'ai pas oublié que Thatcher a dit qu'elle comprenait la peur du peuple d'être « envahi par une culture étrangère ».

Lewis baisse les yeux, préférant se concentrer sur sa tasse de café. Ce que Vaughn se garde d'ajouter, c'est que le *Mirror* a titré il y a trois ans : « Nouvelle vague d'Asiatiques en Grande-Bretagne ». Une gaffe selon lui et une énième stigmatisation pour les étrangers, rejetés par un pays gangrené par le racisme. Au même moment, un « Toc ! Toc ! Toc ! » interrompt la réunion. Vaughn, déjà exaspéré :

– QUOI ?

– C'est Linda, monsieur ! entend-il derrière la porte, il y a du courrier pour vous !

– Eh bien, laissez-le sur mon bureau !

– C'est que…

Il se lève brusquement pour aller ouvrir. Linda sursaute, lâchant toutes les enveloppes. Elle les ramasse – « Désolée, monsieur » – aux pieds de Vaughn. Ses collaborateurs ricanent, jouissant de cette pause bienvenue. Certains se resservent un café ou allument une cigarette, d'autres font les deux.

L'ouverture de la porte aère la pièce, où parvient le vacarme des bureaux. Là-bas, fusent « *Manchester United* » et « corruption ». Peut-être vrai. Plus loin, deux journalistes évoquent les urgentistes du Swan Hospital, qui trieraient les patients. Sûrement vrai dans un pays où, depuis plusieurs mois, les cadavres s'entassent dans les morgues. Vaughn le sait de source sûre, mais a reçu l'ordre d'« en haut » de ne rien divulguer sous peine de poursuites.

– C'EST QUE QUOI ? s'impatiente-t-il.

– Il... il est précisé « urgent » sur l'une des enveloppes, monsieur.

Vaughn les lui arrache des mains et, une à une, les parcourt avec empressement. Trois convocations au tribunal, deux invitations (l'une à un concert de charité au Royal Albert Hall, l'autre à l'avant-première du prochain James Bond « toujours-interprété-par-cette-endive-de-Roger-Moore-qu'arrive-pas-à-la-cheville-de-Sean-Connery ») ainsi qu'une enveloppe blanche libellée « à l'attention de Mr Vaughn – URGENT ! » et postée de Sunderland. Observée par les chefs de service, Linda leur adresse un salut timide auquel ils ne répondent pas.

Vaughn retourne l'enveloppe – sans nom ni adresse de l'émetteur – et la conserve. Il rend les autres à Linda et, sans la remercier, lui claque la porte au nez. Redevenue sérieuse, l'équipe le regarde se rasseoir. Vaughn ouvre l'enveloppe et, dépliant la lettre, dit à Greenway :

– Bref, je compte sur vous pour remanier cet article dans l'heure. Quant à vous, Sanders..., dit-il en lisant.

– Oui, monsieur ?

Vaughn ne répond pas, concentré sur le papier. À travers ses lunettes, ses yeux s'écarquillent en une stupeur grandissante, puis une inquiétude qui n'échappe à personne. Tous le regardent avec un même étonnement. Greenway veut prendre la parole, Lewis le devance :

– Un problème, monsieur ?

Il reste muet, hypnotisé par la lettre qu'il serre entre ses mains. Visiblement éprouvé, il masse son front plissé d'angoisse. À l'issue de sa lecture, il remet le courrier dans l'enveloppe. Lewis insiste :

– Monsieur ?

– La... la réunion est ajournée, déclare Vaughn d'une voix éteinte.

Il quitte sa chaise – lentement, cette fois – et rouvre la porte, l'enveloppe à la main. D'un pas pressé, il traverse la plate-forme de bureaux, indifférent au stress journalistique. Sur son chemin, un jeune dessinateur lui présente des illustrations sans parvenir à capter son attention. Au fil des pas, l'angoisse de Vaughn se mue en panique, que le trajet en ascenseur rend insupportable. Arrivé au dernier étage, il arpente le couloir désert jusqu'à son bureau, à l'entrée duquel se trouve sa secrétaire :

– Ah ! Monsieur, votre rendez-vous avec...

– Appelez-moi la police de Wakefield ! Et qu'on ne me dérange pas !

Elle décroche le combiné, le regardant entrer dans son bureau. Il claque la porte, s'assoit lourdement dans son fauteuil et desserre sa cravate. Son téléphone retentit, faisant vibrer son pot à stylos. Il décroche, retrouvant la voix de sa secrétaire :

– Je vous passe la communication, monsieur.
– Oui, allez !
Vaughn patiente le temps du transfert trois secondes, au terme desquelles lui parvient une voix masculine :
– West Yorkshire Police Station, à votre service !
– Bonjour. Dennis Vaughn, directeur du *Mirror* à Manchester. Je voudrais parler au superintendant Walter Bellamy.
– Je vais voir s'il est là.
Attente. Encore. Pénible. Il ouvre le dernier tiroir de son bureau aménagé en mini-bar, dont il sort sa bouteille de Rémy Martin. Il dévisse le bouchon et se sert un verre de cognac, quand intervient une autre voix, bien plus grave :
– Bellamy, j'écoute !
– Bonjour, je suis…
– Je sais. J'ai peu de temps, alors faites vite. Que puis-je pour vous ?
– Je… hum… j'ai reçu une lettre signée « Jack l'Éventreur ».
– Idem.
– Alors, ça y est… ça reprend.
– Non, ça continue.

1

Trois ans plus tôt, 20 janvier 1976

Quartier de Chapeltown, Leeds (Yorkshire, nord de l'Angleterre).

« … I would do aaaanything for youuuu,
I would climb mountaiiiins
I would swim aaaall the oceans blueeee
I would walk a thousand miiiiles, reveal my secreeeets
More than enough for me to shaaaare… »

De sa voix chevrotante, Brian Ferry dandyfie *If there is something* [1], que le saxo entraîne peu à peu aux confins de la pop. Le piano, puis la batterie se relaient dans un crescendo psychédélique, pour le plaisir des clients du Gaiety Hotel. De tous les pubs sur Roundhay Road, il est le préféré des habitants de Leeds et pour cause : contrairement aux autres, on peut y consommer de l'alcool jusqu'à 3 heures. Et des putes, aussi. À Chapeltown, on n'en manque pas entre les « occasionnelles » (essentiellement des mères de famille arrondissant leurs fins de mois), celles qui le font pour se payer

1. Roxy Music (1972). (Toutes les notes sont de l'auteur.)

leur dose, pour tromper leur ennui ou parce qu'elles aiment ça…

… comme Emily Oldson, appelée « Goldson » par ses clients en raison de sa blondeur. Habituée du Gaiety, elle est une nouvelle fois installée à « sa » table, en compagnie de son mari, Sydney. Un mec sympa, ce Sydney. D'autant plus sympa qu'il accepte l'« activité extraconjugale » de sa femme. Mieux, ça l'excite. Emily et lui ont une vision bien à eux de la fidélité, mais ils s'aiment et c'est le principal. Leurs trois enfants peuvent en témoigner.

Plus encore que son mari, Emily aime l'ambiance conviviale du Gaiety : ici, tout le monde boit, danse, drague et discute. De musique, de cinéma, de cette année qui débute mal avec la désindustrialisation de la région et le décès d'Agatha Christie, survenu il y a huit jours. Sydney sirote sa Guinness :

– J'ai jamais vraiment aimé ses bouquins.

– Hein ? demande Emily en accusant le volume de la musique.

Sydney repose sa pinte et se penche pour lui répéter sa phrase. Emily se rapproche à son tour :

– T'as peut-être pas lu les meilleurs.

– Ben… j'ai lu *Dix petits nègres*, par exemple.

– Et ça t'a pas plu ?

– C'est sympa, mais c'est daté, quand même.

– C'est sûr, mais ce qui fait la force de ses bouquins, c'est pas le contexte, mais la psychologie de ses personnages.

Il hausse les épaules, quand le juke-box diffuse le dernier Bowie, *Station to station*. Intro futuriste, suivie d'un piano cinglant qui déroute les trois stripteaseuses. Elles cessent de danser et ramassent leur soutien-gorge sur la scène, à la déception des soûlards. Devant leur insistance, elles renouent avec les barres verticales. Leurs corps nus s'adaptent à la mélodie, dont l'évolution disco leur convient davantage. Leurs jambes se lèvent, les billets et les bites aussi. Emily et Sydney se retournent pour les regarder dans une excitation réciproque. Alors qu'il bat du pied, elle finit sa Guinness :

– Chéri, je vais y aller.

– Attends, je finis mon verre.

– Non, je te retrouverai à la maison.

À ces mots, il comprend que son épouse a envie de finir la nuit « à sa manière ». Alors, il lui prend le visage entre ses mains, pour l'embrasser tendrement. Emily lui caresse la joue, quitte sa chaise et ajuste ses cuissardes. Elle enfile ensuite son long manteau beige, puis désigne les verres sur la table.

– C'est pour moi, sourit Sydney, amuse-toi bien.

– Merci. À plus tard, chéri.

Emily lui sourit et zigzague entre les tables, sous les regards d'hommes mariés ou pas. Elle salue le videur à la coupe afro, qui décroise ses bras musclés pour lui ouvrir la porte. Emily sort et – brrrr ! – boutonne son manteau. Coup d'œil sur les environs, occupés par quelques « consœurs ». Leur présence la conduit à arpenter Roundhay Road, loin de la concurrence et des rondes de flics. Pas spécialement envie de se faire arrêter pour racolage… et non pour prostitution, nuance. Une distinction de plus pour un pays qui cultive sa différence envers le reste du monde.

Emily fouille dans sa poche, en sort son briquet et une Woodbine. Elle l'allume machinalement, plus par dépendance que par envie. Ces clopes sont dégueulasses, mais ce sont les moins chères et elles sont vendues à l'unité. C'est pourquoi, ici, tout le monde en fume. Emily presse le pas pour se réchauffer ou, du moins, s'en donner l'impression.

Au fil des pas, l'animation de Chapeltown s'estompe au profit du silence de la ville industrielle. Elle s'engage dans une rue brumeuse où, au loin, deux hommes se partagent l'anus d'une femme inconsciente. Emily n'en sait rien et longe un parking, quand un klaxon attire son attention sur une Ford Corsair rouge. Elle s'arrête et regarde la voiture, qui klaxonne à nouveau. Elle jette sa cigarette, traverse en direction de la Ford et monte à bord.

Le lendemain matin, un ouvrier découvre son corps dans un terrain vague, à quelques centaines de mètres du Gaiety Hotel.

2

22 janvier 1976

West Yorkshire Police Station, Wakefield (12 miles de Leeds).

À travers les lattes du store, le superintendant Walter Bellamy regarde la rue s'enfiévrer, six étages plus bas. Manif' anti-flics, la deuxième en trois mois. Les mains croisées dans le dos, il observe les *bobbies* résister tant bien que mal à la foule. Aux pavés et bouteilles s'ajoutent les mots « fachos » et « salauds ». « Salauds », l'insulte à la mode ces temps-ci. Salauds, les Travaillistes qui sacrifient les salaires. Salauds, les syndicats qui soutiennent le programme du gouvernement. Salauds, les policiers qui cassent les grèves et protègent les parades du National Front au nom de la liberté d'expression.

– Tu m'as demandé ? entend-il derrière lui.

Walter se retourne. À l'entrée du bureau, l'inspecteur George Knox : 1 m 84, 82 kilos, cinquante-trois ans dont vingt-deux à la tête de plusieurs Criminal Investigation Departments. Policier émérite, il possède les états de service les plus édifiants du Nord. Alors tant pis si, parfois, pour mener à bien une enquête, il a la main lourde. Ça fait partie de la légende et George en est une, aux sens prestigieux et passéiste. Deux décennies à la Crim' lui ont façonné un visage d'une autre époque, révolue. Une gueule à la Richard Burton aggravée par des Ray Ban Aviator Silver Mirror, qu'il est le seul à porter dans une région aussi sombre, hiver comme été. Ses cheveux et son bouc gris, sa chemise blanche, sa cravate et son pantalon noirs lui donnent un look strict ; ses pattes d'eph' font office d'exception.

Walter et lui se sont connus à la Royal Air Force, du temps où ils dézinguaient du nazi aux commandes de leurs Hurricane. Plus bureaucrate que son ami, Walter a gravi les échelons pour être nommé superintendant dans sa ville natale. George, lui, a obtenu il y a deux ans sa mutation à York, car son épouse ne supportait plus l'agitation londonienne. Chaque jour, presque une heure de route pour aller au boulot, mais en sillonnant le Yorkshire. L'une des plus belles régions du monde avec ses paysages picturaux, dévoilés au gré d'une brume capricieuse. Puzzle multicolore, où le vert des pâturages se décline en jaune forestier, en blancheur calcaire et…

– Ferme la porte, lui répond Walter.

Sa moustache grise est si épaisse qu'elle masque ses lèvres, au point qu'il ne semble pas avoir ouvert la bouche. Walt, ventriloque ? George pourrait en rire, mais non. Il laisse ça à ses confrères des commissariats de quartier, ceux qui préfèrent Benny Hill aux Monty Python. Il referme derrière lui, croise les bras et attend. Walter retourne s'asseoir à son bureau où figurent deux dossiers, une photo encadrée de son épouse Emma, des stylos, un paquet de cigarettes Benson and Hedges, un cendrier plein et un briquet aux couleurs de l'Union

Jack. Le seul cadeau de son jeune fils Andy, qu'il n'a jamais osé montrer à ses hommes.

– Sacré bordel en bas, soupire George, tu veux que j'y aille ?

– C'est bon, nos gars s'en occupent.

– Ils ont l'air d'être débordés. Il serait temps que Peterson [1] leur file une arme pour qu'ils se défendent, non ?

– Tu veux qu'on nous traite d'assassins, en plus de fachos ?

– Si tu veux mon avis…

Walter ouvre le premier dossier et le tourne vers George. Dans ses verres, se reflète un article titré « Police hunt for sadistic killer of woman [2] ».

– Je préfère avoir ton avis sur ça, dit Walter.

– Mmh, je suis au courant.

– Tout le monde l'est. Depuis deux jours, Leeds ne parle que de ça.

– C'est sûr, ça doit les changer des putes et des toxicos.

– Je doute que les conclusions du légiste t'inspirent la même ironie.

George récupère le dossier et, sous l'article, découvre la fiche d'Emily Oldson : trente-deux ans, mariée, trois enfants, domiciliée à Churwell, sans profession, prostituée occasionnelle, découverte dans le quartier de Chapeltown, près du pub où elle a passé sa dernière soirée. Au rapport d'autopsie sont agrafées trois photos de la scène de crime, où gît la victime. Nue

1. Arthur Peterson, depuis quatre ans à la direction du Home Office (ministère de l'Intérieur).

2. « La police recherche un tueur de femme sadique ».

et face contre terre. Il parcourt le rapport, aux macabres conclusions. Deux plaies à l'arrière du crâne causées par un marteau. Tournevis planté dans le dos. Cou, ventre et poitrine lacérés au couteau…

– … trente-deux fois ?

– Et ce n'est pas fini.

George poursuit sa lecture, apprend que la cuisse droite portait l'empreinte d'une semelle de pointure 41. « Marquée, comme du bétail. » Soucieux, Walter allume une cigarette. L'odeur indispose son ami, mais il n'en dit rien.

– Walt, en quoi ça me concerne ?

– Ce type d'horreurs nous concerne tous.

– Tu m'as compris : elle est morte à Leeds, alors pourquoi me mettre sur le coup ?

– Parce que tu es le meilleur. Tu vas encore nous boucler ça vite fait, bien fait. C'est Rubin, du bureau de Millgarth, qui a demandé qu'on reprenne l'affaire.

– Il est un peu tôt pour parler d'affaire, non ? Ce crime reste un cas isolé.

– Justement, non.

George fronce ses sourcils broussailleux. Du dehors, provient la haine hurlante des manifestants. Walter inspire une bouffée de tabac, puis ouvre l'autre dossier :

– C'est arrivé il y a trois mois.

– À Leeds, aussi ?

Walter confirme d'un hochement et George passe d'une victime à une autre : Wilma McCrane, vingt-huit ans, célibataire, quatre enfants, domiciliée à Chapeltown, prostituée, retrouvée à cent mètres de chez elle le 30 octobre dernier. Nue et face contre terre. Deux plaies à l'arrière du crâne, causées par un marteau. Cou, ventre et poitrine lacérés par quatorze coups de couteau.

– Même profil et même procédé, soupire Walter, sans le tournevis toutefois.

– Je me souviens d'en avoir entendu parler, mais ça n'a pas fait grand bruit.

– Eh bien, le sac à main de McCrane n'avait pas été retrouvé et…

– … bien sûr, nos « confrères » en ont conclu qu'il s'agissait d'un voleur. On ne trucide pas sa victime pour lui piquer son sac. Ils sont forts, à Leeds !

Il referme le dossier et se plante devant la fenêtre, d'où il regarde la foule submerger les *bobbies*. Dans la tourmente, des cocktails Molotov embrasent Wood Street. L'un d'eux enflamme une cabine téléphonique, qui passe du rouge vif au jaune orangé. Avancée des policiers, dispersion des manifestants, soupir de George :

– Bref, tu m'envoies à la Grise.

– Avant, tu aimais bien y aller, à Leeds.

– Avant. Je commence quand ?

– Maintenant. T'as déjà une idée ?

– Ben… s'il y avait eu viol, on aurait au moins un semblant de piste, genre « je tue des putes, car maman m'obligeait à baiser avec elle », pour rechercher des dingues qui chaussent du 41.

George récupère les dossiers, puis se dirige d'un pas militaire vers la porte. Walter l'interpelle :

– George ! Jusqu'à présent, je ne t'ai jamais rien dit sur tes… débordements, mais tu as sans doute entendu parler de ces rumeurs de corruption au sujet du C.I.D.

– Des conneries, et qui ne concernent que le département de Londres.

– Oui, mais tu sais comme moi qu'à travers lui, c'est toute la Crim' du pays qui est visée. La presse espère un nouveau scandale.

– « Nouveau » ? Ça fait un siècle !

– C'était hier.

Walter a raison : à l'époque, la presse avait révélé un vaste réseau de corruption au sein de la Metropolitan Detective Force, l'ancêtre du C.I.D. Jusqu'alors considérée comme irréprochable, la police ne s'en est jamais vraiment remise. Depuis, personne n'a oublié et surtout pas les meutes de *Punch*, le fleuron de la presse satirique.

– Si j'ai bien compris, Walt, tu me demandes d'être discret.

– C'est ça. Mes amitiés à Kathryn.

– Je lui transmettrai.

– À propos, elle va mieux ?

– Toujours ces maux de tête, dit-il avant de tourner la poignée.

Son inquiétude conduit Walter à quitter sa chaise pour venir jusqu'à lui. Trop tard : George est déjà sorti, alourdi de deux cadavres supplémentaires. Deux de trop.

3

31 mai 1976

Millgarth Police Station, Leeds.

Biiiip… biiiip… biiiip… biii…

– Bellamy, j'écoute !

– Walt, c'est moi.

– Oh ! George ! À une seconde près, tu me ratais ! Ça va ?

– Pas vraiment. Kathryn fait des malaises à présent… bon, j'ai du nouveau : au début du mois, une pute a été attaquée au marteau par un type et nous en a fait un portrait. Par ailleurs, deux autres ont été agressées dans le coin, l'année dernière.

– Dans le coin… à Leeds ?

– Non, l'une à Keighley le 5 juillet et l'autre à Halifax le 15 août. La première a été frappée avec un « truc lourd » dans une chaussette. Elle a décrit le type, qui coïncide avec le portrait : une trentaine d'années, brun et moustachu.

– Un moustachu en 76, c'est aussi rare qu'un beatnik en 69. Tu as vérifié si un gars correspond au signalement dans l'entourage de McCrane et Oldson ?

– Ouais, mais ça n'a rien donné. L'équipe de Millgarth et moi, on…

Il s'interrompt et somme quelqu'un – sans doute un agent – de quitter la pièce. « S'il vous plaît », précise-t-il avec une politesse pressante. Walter entend une porte claquer, après quoi George reprend :

– Ouais, je disais qu'on continue de chercher leurs clients, mais ce n'est pas évident. Elles baisaient avec pas mal d'hommes d'affaires de la City.

– Ils paient bien, eux.

– C'est clair, mieux que les *Loiners* [1]…

– Continuez à chercher les clients. Mes gars planchent toujours sur les dingues relâchés l'année dernière. Et ça se passe comment, avec les flics de là-bas ?

– Avec Rubin, ça va, mais l'autre, là… le gros con…

– L'inspecteur Caine ? Il n'apprécie pas que tu enquêtes chez lui, c'est ça ?

– C'est le moins qu'on puisse dire. Il m'a filé un local, à côté des chiottes.

– Au moins, c'est clair. Il est là ?

– Enfermé dans son bureau, comme tous les jours entre midi et deux.

– Qu'est-ce qu'il fait ?

– Je ne sais pas et je m'en fous.

– Mmh. Et à part ça ?

– Des vieux, des dealers et des putes.

– Alors, je te laisse avec ce joli monde. Tiens-moi au courant pour le « moustachu ».

– OK. Salut, Walt.

1. Habitants de Leeds.

Clac !

Le surlendemain, une campagne d'affichage est lancée à Leeds, Keighley et Halifax, avec le portrait-robot du moustachu accompagné du message suivant :

HELP US STOP THE RIPPER

IF YOU RECOGNISE THIS FACE, REPORT IT TO YOUR LOCAL POLICE.

4

10 octobre 1976

Domicile de George et Kathryn, Skeldergate, York.

En son temps, George VI disait que York reflétait à elle seule toute l'histoire du pays. Depuis, ce bon vieux roi est mort et la ville n'est plus qu'une vitrine du passé. Bien sûr, comme toutes les vitrines, elle offre un spectacle attrayant avec notamment York Minster et le Museum Gardens.

Située en bordure des rivières Ouse et Foss, cette ancienne cité assiégée par les Romains et les Danois est une ville aux multiples facettes : traditionnelle, culturelle, commerçante et donc touristique. Bref, York est tout… sauf représentative de l'Angleterre des seventies. Jadis considérée comme la deuxième plus grande ville après Londres, elle est aujourd'hui celle du Yorkshire qui est socialement la moins diversifiée, avec peu d'ouvriers et beaucoup de retraités.

York, une ville sclérosée dans la nostalgie de sa gloire passée ? C'est du moins ce que pense George. Quand il le dit à Kathryn, elle lui rétorque que « peu de gens ont la chance d'habiter au bord de l'Ouse ». Et surtout, d'être marié à la fille de l'un des plus riches exploitants agricoles d'Écosse, qui leur a offert une villa pour leurs noces d'argent. Une maison de deux étages, toute blanche, avec un joli porche et un jardin dont George ne s'occupe pas. Aujourd'hui, George ne porte pas ses Ray Ban. C'est normal, c'est dimanche.

– Tu veux que je t'aide, chérie ?

– Non, c'est bon.

Bras croisés, il regarde Kathryn se mettre sur la pointe des pieds pour atteindre la valise au-dessus de l'armoire. Son effort agite ses longs cheveux gris, où persiste sa rousseur d'avant. Écossaise jusque dans sa beauté, plus encore que l'île d'Arran qui l'a vue naître.

Kathryn pose la valise sur le lit, traverse leur chambre jusqu'à la commode et tire la poignée du premier tiroir, qui lui résiste. Elle force, l'ouvrant brusquement. Sur la commode vacille la photo sous verre de leur fille Anna. Kathryn approche la main pour parer sa chute quand, finalement, le cadre se stabilise. Soulagée, elle prend dix de ses culottes et – une main dessus, une main dessous – les transporte en un sandwich de dentelles. Une à une, elle les plie sur le lit :

– Et ton enquête ?

– Laquelle ?

– Celle sur le tueur de Leeds.

– Oh ! Ben, mes gars ont interrogé une quinzaine de *Loiners*, mais ça n'a rien donné. Idem pour les affiches… Pourtant, on a avait la piste des « trois ».

– Hein ?

– Ah, je ne t'ai pas dit. En un an, trois pu… prostituées ont été agressées, dont deux apparemment par le même type. Deux d'entre elles l'ont décrit, mais je me suis emballé en pensant qu'il s'agissait du tueur.

– Chéri, c'est normal de s'emballer. Au bout de trente ans de carrière, il serait temps d'accepter que ton travail induit autant de réussite que d'échec.

– Tu as raison. C'est ce que je devrais dire aux orphelins, quand ils demandent pourquoi leurs mères ne sont plus là.

Silence et frottement délicieusement indescriptible des culottes, avec lesquelles Kathryn tapisse le fond de sa valise. Elle les recouvre de paires de chaussettes, ouvre le deuxième tiroir. Sans mal, cette fois. Elle inspecte ses soutiens-gorge et, après en avoir ajouté trois, ouvre la penderie. George referme lui-même les deux tiroirs de la commode. Le premier lui résiste tellement que la photo d'Anna chute sur la moquette. Sursauts, regards rivés sur le cadre – ouf ! – intact. George le récupère des deux mains, le repose sur la commode et fixe la photo. Trois secondes, au terme desquelles il s'en va caresser la nuque de Kathryn :

– Désolé… c'est juste que ça fait six mois que mes gars et moi, on est sur la piste du « moustachu » et qu'on n'a toujours rien.

– « Le moustachu » ? ironise Kathryn en levant les mains. Brrrr !

– Je suis sérieux.

– Moi aussi : six mois, c'est peu. Tu es toujours pressé ! Chéri, détends-toi un peu ! Et puis, cesse de t'inquiéter !

– Ce n'est pas ça qui m'inquiète.

Elle fuit son regard et saisit deux cintres, auxquels pendent deux robes. L'une blanche à smocks avec une encolure échancrée et l'autre rose, tout simplement rose.

– Chéri, tu es censé me rassurer. C'est à moi de m'inquiéter.

– Ah, tu vois ! dit-il dans une fausse légèreté, tu as prétendu le contraire, hier.

– Oui, mais c'est aujourd'hui que je pars.

Elle retire les cintres des robes, puis les plie délicatement sur le lit. D'abord, la blanche. Du Queen's Hotel, en face, aboie le lévrier du jardinier. « Fichu clebs », peste George, en secret. Il s'assoit sur le lit et, dos à Kathryn, se masse les genoux. La tête baissée, il l'écoute placer ses robes dans sa valise avant d'investir la salle de bains. Des claquements de plastique précèdent son retour, une trousse de toilette à la main. Kathryn la pose dans sa valise, balade son regard dans la chambre. Rien oublié ? Non. Si ! Elle retourne à la penderie, où elle récupère…

– … deux pulls ? s'étonne George.

– Il commence à faire froid.

– Oui, mais le Dr Lawrence a dit que tu ne restais qu'une semaine.

– C'est au cas où je resterais plus longtemps que prévu.

– Si c'est le cas, je les apporterai moi-même, tes pulls !

– Ne t'énerve pas, sourit-elle, je serai là pour t'offrir ton cadeau de Noël.

CANCER (n.m.) : tumeur maligne formée par la multiplication désordonnée de cellules d'un tissu ou d'un organe.

5

6 février 1977

West Avenue, Leeds.

Dimanche matin. Tôt. Très tôt. 6 h 42. À l'heure où certains dorment et beaucoup dessoûlent, Lewis Campbell – vingt-trois ans, apprenti boucher – sort de son immeuble pour effectuer son footing hebdomadaire. Histoire d'oublier un peu son célibat et le Jubilé d'argent de la Reine, dont les radios lui gavent les tympans. Vêtu de son survêt' noir, sur lequel il a cousu un écusson de Leeds United, Lewis court à travers la vieille ville. Déserte et bien différente des brochures touristiques vantant les huit cents hectares de verdure de « la ville la plus verte d'Europe ».

Sa foulée effraie quelques chats, qui sortent de poubelles et se dispersent dans le quartier. Lewis dépasse les rideaux de fer des commerces, puis s'engage sur Roundhay Road. Au loin, la fumée des usines salit le ciel, assombri d'un orage imminent. Encore. Peu motivé à l'idée de subir la pluie, Lewis accélère en direction du terrain de sport de Soldier's Field. Il longe les vestiaires, derrière lesquels il aperçoit « quelque chose ». Quelque chose de bizarre. Suffisamment bizarre pour qu'il s'en approche.

Plus tard.

Clapotis obsédant sur les parapluies, grésillement des talkie-walkies, sonorité diarrhéique des bottes dans la boue. Beaucoup de monde sur le terrain : Arthur Rubin (superintendant du poste de Millgarth), trois *bobbies* et le photographe, l'inspecteur Orlando Caine, quatre de ses hommes, le maire « de plus en plus sénile » Richard Sinfield, son adjoint, le Dr Alan Greenhill, son jeune assistant et George, accompagné de trois officiers du C.I.D. de Wakefield. George et ses Ray Ban, ce qui est exceptionnel pour un dimanche. Alerté par Rubin, il s'est rendu à la Grise et non, comme il l'avait prévu, au York Hospital pour voir Kathryn.

Là-bas, à bord d'un véhicule de police, un autre *bobby* recueille la déposition de Lewis Campbell. Traumatisé, du vomi séché au menton. Sous un vieux chêne, un policier rouquin effectue avec peine un moulage de traces de pneus, rendu difficile par la pluie battante. Un peu plus loin, sous le porche des vestiaires, attend un groupe de jeunes en short jaune. Venus dans l'espoir de jouer au foot, ils assistent à un tout autre spectacle – plus exaltant –, celui de policiers trempés jusqu'aux os. Quant aux badauds, l'énorme inspecteur Caine n'en peut plus de les voir se multiplier aux abords du terrain.

– QU'EST-CE QUE JE VOUS AI DIT ? hurle-t-il à ses hommes, VIREZ-MOI ÇA !

– Chef, on les avait pourtant fait partir.

– ET ILS SONT REVENUS ! ALORS, DEUX D'ENTRE VOUS RETOURNENT LÀ-BAS ET ILS Y RESTENT ! C'EST PAS COMPLIQUÉ !

– Comprenez-les, intervient Sinfield, c'est la troisième fois que leur ville…

– VOUS ÊTES LE MAIRE, ALORS DITES-LEUR QU'ILS PIÉTINENT UNE SCÈNE DE CRIME ! DÉJÀ QUE LA PLUIE SALOPE LES INDICES !

– S'il n'y avait que ça…, entend-il derrière lui.

Il retourne ses quatre-vingt-seize kilos et, dans l'assistance, cherche celui dont il a reconnu le timbre. Cette voix qui l'énerve autant que ses Ray Ban et sa réputation de superflic. Ce n'est pas un hasard s'il est venu avec un agent de plus que George. Caine et Knox, même profession, mais deux conceptions de ce que sont ou devraient être les rapports humains. « Vivement que Walt arrive pour recadrer ce connard », pense George. Ses verres argentés confrontent Caine à son obésité, ce qui l'irrite davantage.

– OUI, INSPECTEUR KNOX ?

– Vu le défilé, nos indices ont depuis longtemps disparu.

– Si vous pensez que nous sommes trop nombreux, vous n'avez qu'à repartir.

Silence pesant, couvert par la pluie. Leurs agents respectifs échangent des regards, redoutant une baston fratricide. Le photographe – son Polaroïd dans la poche de son horrible parka kaki – en réfère au chef Rubin. Celui-ci cesse de décrotter ses bottes avec un bâton et se fraye un chemin jusqu'aux deux hommes :

– Messieurs, qu'y a-t-il ?

– Il y a que l'inspecteur Knox nous fait la leçon.

– Caine, je vous en prie. Si j'ai requis les services de nos confrères de Wakefield, c'est que j'ai jugé leur présence judicieuse.

– Alors, vous n'avez qu'à fermer Millgarth et nous foutre au chômage ! D'autant qu'en ce moment, avec tout ce qu'on entend sur le C.I.D…

– Ces rumeurs sont infondées et vous le savez !

– Infondées ou pas, elles vont nous attirer les journalistes et adieu la discrétion !

– IL SUFFIT ! CE N'EST NI LE LIEU, NI LE MOMENT !

Furieux, Caine allume une cigarette. Il évacue la fumée par les narines, puis regarde le binôme canaliser les badauds aux portes du terrain. L'un des policiers distingue alors un objet rouge, devant une haie. « Je reviens », dit-il à son confrère, l'abandonnant à la foule. Il se dirige vers ce qui se révèle être un sac à main en cuir rouge, trempé. Il sacrifie – crac ! – l'une des branches de la haie, la passe entre les anses, puis revient en courant avec le sac :

– Chef !

– RESTEZ À L'ENTRÉE ! hurle Caine, JE VOUS AI DIT DE…

Il s'interrompt, à la vue du sac. L'agent les rejoint tout sourire, oubliant dans son exaltation qu'il y a une femme morte, là-bas. Tout près.

– Regardez ! J'ai trouvé ça devant la haie !

– C'est son sac ? demande Caine en désignant le cadavre.

– Si c'est le sien, ajoute George, ça nous évite – cette fois – de perdre du temps avec la fausse piste du « voleur de sac ».

Caine le fusille du regard, sort des gants de la poche intérieure de son imper. Il les enfile difficilement sur ses doigts boudinés, qui déforment le latex. Le maire et son adjoint reculent d'un pas, redoutant un éclatement… mais non. Caine ordonne à l'un des *bobbies* d'approcher son parapluie et, à l'abri du déluge, fouille le sac. Il y trouve un permis de conduire :

– « Irene Richards, vingt-huit ans, domiciliée à Cowper Street ».

– On l'a coffrée plusieurs fois, dit l'un de ses hommes, c'est une occaz' qui tapine à Chapeltown… enfin, c'était…

– Rien n'indique qu'il s'agisse de notre cadavre.

– Allons vérifier, intervient le Dr Greenhill.

Tous se tournent vers lui et son assistant, vêtus d'une blouse au blanc boueux. Le visage ruisselant, son second est à l'image de cette jeunesse aux cheveux en bataille, à la barbe hirsute et au regard vide. Le tout parfumé d'une senteur de cannabis qui n'échappe à personne. Pourtant, aucun des officiers n'y fait allusion, car l'assistant du Dr Greenhill est avant tout son fils.

Les deux médecins, puis les autres, pataugent dans la boue jusqu'au cadavre nu. Étendu sur le ventre, alourdi par la pluie et embourbé dans le sol. Forte odeur, mélange de chair macérée et d'œuf pourri, dont l'humidité aggrave les émanations malsaines. Nauséeux, l'un des agents de Caine s'adresse au Dr Greenhill :

– C'est un gars qui l'a trouvée, il y a près d'une heure.

– Où est-il ?

– Dans la voiture, là-bas.

– Fils, va lui faire une prise de sang.

Le jeune homme s'exécute, sans grande motivation. Son père rabat sa blouse sur ses cuisses et s'accroupit devant le corps, près duquel il pose sa sacoche. Rubin, Caine et les autres approchent, en vautours de la dernière heure. Leur curiosité indispose George, en retrait. L'adjoint du maire ééééterNUE !!! et, en l'absence de mouchoir, s'essuie sur sa manche. Sous les regards impatients, Greenhill détaille le crâne effroyablement cabossé :

– Le lobe occipital est fissuré en trois endroits.

– Mêmes impacts ? demande George.

– À première vue, oui. Quelqu'un peut-il m'abriter, s'il vous plaît ?

L'un des hommes de George enjambe le corps, pour aller protéger le médecin avec son parapluie.

– Merci, jeune homme.

– De rien, dit l'agent…

… en subissant la pluie à laquelle il échappait jusqu'ici. Greenhill sort de sa sacoche une paire de gants, qu'il enfile avec soin. Il place ses paumes sur les tempes du cadavre et dégage la tête dans un *jblorf !* écœurant. Faciès boueux, orbites dégoulinantes et gorge tranchée d'une oreille à l'autre. Les autres reculent d'un pas, dans une même répulsion. Seul Caine demeure près du corps, qu'il observe – captivé – en fumant. Greenhill examine l'entaille, aux contours colorés de terre et de sang. Il repose délicatement la tête, s'adresse à l'officier le plus proche :

– Aidez-moi à la retourner, s'il vous plaît.

– C'est que…, dit celui-ci en mimant son absence de gants.

George y remédie en lui donnant sa paire. Il le remercie et, dans l'impatience générale, les enfile rapidement. Mal, donc. L'agent saisit les mollets, Greenhill fait de même avec les épaules. Avec peine, ils retournent le corps, révélant sa poitrine et son ventre lacérés. Plaies creusées avec insistance, labourées. « Soit le mec a paniqué, soit il aime ça », se dit George, les dents serrées. Le maire vacille, habitué à la violence édulcorée de la BBC. Son adjoint le prend par le bras et le dirige vers le porche. Trois agents s'en amusent, deux d'« ici » et un de Wakefield. Ennemis dans la collaboration, complices dans la bêtise. Greenhill examine avec attention les plaies :

– Une... deux... trois... quatre... huit lacérations. Inspecteur Knox, voulez-vous jeter un œil ?

– Mmh.

Greenhill lui cède la place. George s'accroupit à son tour, retire ses lunettes et examine le torse zébré d'horreur. La pluie clapote sur les plaies, les transformant en petites rivières de mort. Il détaille de la tête aux pieds Irene Richards, « une occaz' comme Emily Oldson, et qui habitait Chapeltwon comme Wilma McCrane ». Arrivé aux orteils, son regard remonte lentement le corps jusqu'aux yeux boueux. George les fixe, intensément :

– Rubin, cette nuit, quelqu'un a-t-il été arrêté ?

– Pas que je sache.

– Pas seulement à Millgarth, mais dans les alentours.

– Nous allons vérifier, répond Rubin en regardant Caine.

Celui-ci tire sur sa cigarette, laquelle n'a pas survécu à la pluie. Il la jette, glisse ses poings serrés dans les poches de son imper. Au même moment, le rouquin revient avec un semblant de moulage des traces de pneus. Caine regarde « son » officier, qui regarde Rubin, qui regarde George, qui se redresse. Il remet ses Ray Ban et, les mains sur les hanches, s'adresse à tous :

– Messieurs, vous connaissez la procédure. Enquêtez sur Richards, à fond.

– Familial, amical et professionnel, précise Caine à ses hommes.

– Listez tous ses clients avec noms et adresses, ratissez Chapeltown et Soldier's Field, voyez avec les teinturiers s'ils ont détecté du sang sur des vêtements.

– On va leur montrer le portrait-robot du « moustachu », dit un autre.

– À tout le monde. Relancez une impression d'affiches, avec rappel des faits. Quant au moulage des pneus, nous…

Un vrombissement attire leur attention sur le parking. À travers la pluie, les phares allumés d'une Jaguar Mark II avec chauffeur. La portière arrière droite s'ouvre, dévoilant Walter et son parapluie. Il claque la portière, fuit les badauds et salue l'agent à l'entrée. Il traverse le terrain, manquant de glisser – « merde ! » – à deux reprises. George vient à sa rencontre, la main en visière. Walter se réjouit d'être accueilli par son ami, dont il tape chaleureusement l'épaule :

– Désolé pour le retard. Wakefield-Leeds, c'est pas loin, mais ça bouchonnait à cause de ce fichu déluge.

– J'imagine.

– J'ai… j'ai appris pour Kathryn. (Et s'approchant de lui :) Elle tient le coup ?

– Elle vient de commencer la chimio.

Walter soupire, lui tapote à nouveau sur l'épaule. Du pouce, George l'invite à rejoindre la scène. Walter lui emboîte le pas en pestant contre la boue, puis découvre l'attroupement d'officiers :

– Eh bien, il y a du monde !

– Trop. Même le légiste du coin.

– Déjà ? Ben, dis donc… Rubin est là ?

– Et Caine, aussi. Tellement gros, qu'il s'enfonce jusqu'aux chevilles.

– Avec un peu de chance, ce con va s'enliser. Alors ?

– Alors, le tueur sait compter jusqu'à trois.

6

Le lendemain

Amphithéâtre de l'école de police, Wakefield.

Sur les bancs, beaucoup de journalistes et ce, malgré la grève qui paralyse la profession depuis peu. Une entorse due à la « fuite » survenue hier : l'un des badauds de Soldier's Field a en effet téléphoné à Radio Leeds, pour parler d'un « attroupement bizarre de flics ». Une demi-heure plus tard, tous les quotidiens du Nord étaient au courant.

Harcelé à sa sortie du West Yorkshire Police Station, Walter s'est donc résolu à organiser une conférence de presse aujourd'hui. Contraint de collaborer avec les « chiens », il s'est toutefois permis de les faire poireauter. Une heure de retard, durant laquelle tous trépignent avec une impatience sœur de l'excitation. On regarde sa montre, on aiguise ses questions, on tripote son appareil photo et surtout, on chuchote. Dans un coin, un correspondant du *Yorkshire Post* et un du *Sun* refont les matchs de la Coupe Davis. Là-bas, un reporter et son caméraman évoquent le dernier attentat de l'I.R.A. Plus bas, deux autres relatent le tournoi des cinq nations…

… quand la porte s'ouvre enfin. Silence total. Deux *bobbies* font leur entrée et se postent devant les bancs, bras croisés. Un troisième demeure à l'entrée. Walter apparaît alors, suivi de George, Rubin et Caine. Les journalistes s'électrisent : jusqu'ici complices, tous redeviennent concurrents au nom du chacun pour soi. Sous un déluge de flashes, les quatre officiers franchissent l'estrade en direction d'une table où sont installés quatre micros, autant de verres et une carafe d'eau.

Walter, George et Rubin se choisissent une chaise et s'installent dans un crissement simultané. Entré le dernier, Caine est aussi le dernier à s'asseoir, du moins à pouvoir le faire en raison de sa corpulence. Il recule sa chaise, déboutonne sa veste et croise ses mains sur son ventre, en pacha aguerri. Rubin lisse ses cheveux gominés en arrière, George ôte ses Ray Ban et les pose à côté de son micro. Son vieil ami teste le sien de son index, puis remplit son verre. Les photographes font taire leurs flashes, les autres dégainent leurs stylos. Leur carnet à la main, ils attendent suspendus à la moustache de Walter. Une gorgée d'eau, un raclement de gorge, et c'est parti :

– Messieurs, hier matin, peu avant 7 heures, le corps d'une jeune femme a été découvert à Leeds, sur le terrain de Soldier's Field. Nous avons établi qu'il s'agit du corps d'Irene Richards, une prostituée de vingt-huit ans connue du poste de Millgarth, qui opérait dans le quartier de Chapeltown…

Frottement des mines sur le papier.

– … L'examen préliminaire a fait état d'une mort causée par trois coups de marteau à l'arrière du crâne, ainsi que de huit lacérations post-mortem sur l'abdomen. Ces éléments comportent des similitudes avec les décès de Wilma McCrane et d'Emily Oldson, survenus à Leeds les 30 octobre 1975 et 21 janvier de l'année dernière…

Walter avale une autre gorgée et poursuit :

– … Bien qu'il nous soit impossible d'affirmer que ces trois meurtres sont l'œuvre de la même personne, j'ai ouvert ce matin à 9 heures une enquête pour meurtres en série, en collaboration avec le superintendant Arthur Rubin de la police locale…

Celui-ci confirme d'un sourire.

– … En charge de l'enquête, l'inspecteur Knox travaille activement avec l'inspecteur Caine de Leeds dans une efficacité d'ores et déjà prometteuse.

– Tu n'en as pas marre de dire des conneries ? lui chuchote George.

– Chut ! (et parlant plus fort) Nous demandons à toute personne susceptible de détenir des informations de contacter le poste de police le plus proche. Nous souhaitons également rencontrer les personnes s'étant trouvées à proximité de Soldier's Field entre samedi soir et dimanche matin, et ayant remarqué un comportement suspect ou des véhicules en stationnement. À présent, si vous avez des questions…

Main levée, troisième rang.

– Allez-y, dit Walter à un journaliste coiffé façon Beatles.
– Ryan Moore du *Yorkshire Post*, Leeds : inspecteur Knox, avez-vous une idée du profil de l'assassin ?
– Non, ment-il.

Stylo pointé, sixième rang.

– Thomas Mopple du *Sun*, Bradford : Mr Bellamy, les victimes ont-elles été violées ?
– Je l'aurais précisé, si c'était le cas. Jusqu'à preuve du contraire, je vous rappelle que ces crimes ne sont pas liés. Nous n'excluons aucune éventualité.
– Comme celle de plusieurs tueurs ?
– Je vous le répète, nous n'excluons aucune éventualité.

Les questions se succèdent durant une demi-heure ; un passage obligé qui agace les officiers. Le lendemain, le *Yorkshire Post* consacre sa une aux trois crimes de celui qu'il surnomme « L'Éventreur du Yorkshire ».

7

Mars 1977

Anarchy in the U.K.

Sale temps pour la Reine, dont les préparatifs du Jubilé d'argent sont boycottés par des groupes d'anti-royalistes et de chômeurs.

Sale temps pour le gouvernement Callaghan, accusé par le Race Relations Act de complaisance à l'égard du National Front.

Sale temps pour Arthur Peterson, remplacé à la direction du Home Office par Robert Armstrong.

Sale temps pour Dennis Healey, en charge de l'économie dont la récession sans précédent le contraint à solliciter l'aide du F.M.I.

Sale temps pour George qui, malgré les recherches intensives de ses hommes, n'a toujours aucun suspect.

Sale temps pour les homosexuels de Leeds, interrogés avec force sur ordre de Caine, convaincu que le tueur est un « sale pédé ».

Sale temps pour les prostituées de Chapeltown, dont la plupart ont migré vers les quartiers « chauds » de Manchester ou celui de…

8

15 avril 1977

… Lumb Lane, Bradford (10,8 miles de Leeds).

Beaucoup de monde, ce soir, au Haigy's Bar. À croire que tout Bradford s'y est donné rendez-vous : ouvriers, mineurs, mais aussi prostituées et camés. Tina Wilson – brune plantureuse de trente-trois ans – est les deux à la fois, quand elle n'est pas trop défoncée pour écarter les jambes. Cause et conséquence ou conséquence et cause. Depuis le temps, elle ne sait plus vraiment ce qui est à l'origine de sa déchéance. Elle pourrait essayer de se souvenir, mais n'en a pas envie. Pas ce soir, car Marty – le gérant – fête ses cinquante ans et a décrété un happy hour jusqu'à la fermeture. Du coup, Bradford boit pour s'oublier un peu. Oublier son industrie lainière à laquelle le monde entier la résume, sa crise du textile et ses Pakistanais…

– … qui conduisent leurs taxis comme des cons !

– Pete ! soupire Tina, tu ne vas pas remettre ça !

– J'vais m'gêner !

Et le voilà qui radote, bavant sur les étrangers. S'il se tait parfois, c'est uniquement pour avaler une gorgée de sa Guinness, après quoi il reprend. Sa tirade, Tina la connaît. Depuis longtemps. Aussi longtemps que Pete. Avec sa crête vert fluo, son blouson en cuir clouté et son T-shirt *Sex Pistols*, il est fier d'être l'un de ces punks qui pullulent depuis quelque temps. Quand il ne fait pas la manche, il vole des voitures ou du charbon, qu'il revend à de plus pauvres que lui. Assis en face d'eux, « Slim Jim » – le frère de Tina – suit leur conversation dans un ping-pong oculaire.

Pete sait que Tina se prostitue et, si ça ne le concerne pas, ça ne le dérange pas non plus. Son frère aussi le sait et pour cause, c'est elle qui l'a dépucelé. Il faut dire qu'à vingt-six ans, « Slim Jim » était toujours acnéique et qu'aucune fille du coin ne voulait de lui. Tina allume une cigarette :

– Pete, je ne peux pas te laisser dire ça !

– C'est pas vrai, qu'ils envahissent le pays ?

– S'ils viennent jusqu'ici, ce n'est pas pour rien !

– Et alors ? Nous aussi, on en a, de la misère !

– Pete, c'est nul de…

– Putain ! l'interrompt-il en reconnaissant *Hotel California*, encore cette merde !

Vexée, Tina quitte sa chaise et enfile sa veste. Malgré l'insistance de son frère, elle traverse les tables sous les regards des clients. L'un d'eux lui fait un clin d'œil, auquel elle répond par un doigt d'honneur. Dans un coin, des soûlards entonnent le solo déjà mythique des Eagles, qui accompagne Tina jusqu'à la porte.

Elle sort et marche, croisant un chien errant aux oreilles coupées. Quelque part, un clochard l'interpelle. Tina ne réagit pas, encore contrariée par l'attitude de Pete. En l'absence de réponse, l'homme l'insulte avec une grossièreté lâche qui empire à mesure qu'elle s'éloigne. Au détour d'un réverbère, elle traverse en direction d'une ruelle… où est garée une Ford Corsair rouge.

9

Le surlendemain

Manningham Lane, Bradford.

7 h 19.

Mardi dernier, Anthony, laitier depuis quatorze ans, a été matraqué par deux hommes cagoulés qui ont ensuite pillé son *milk float*. Sa troisième agression depuis le début de l'année et la plus grave, puisqu'il a fallu le transporter au Swan Hospital.

Dès l'annonce de son décès, une vingtaine de chômeurs se sont précipités à la mairie pour réclamer le poste d'Anthony. Celui-ci a finalement été confié à Old Sam, connu pour sa droiture et sa ponctualité. Une aubaine pour cet ancien mineur, qui va pouvoir payer son loyer sans emprunter à ses fils. Une aubaine doublée d'angoisse pour Old Sam, inquiet à l'idée de subir le même sort que son prédécesseur.

Cramponné au volant, il tracte ses trois remorques où, comme tous les matins, les bouteilles s'entrechoquent bruyamment. Le vacarme résonne à travers la ville, perturbant le sommeil de ses habitants. Sur son trajet, il croise certains d'entre eux qui, leur sac sur le dos, prennent déjà la direction des mines. « La nouvelle génération, se dit-il, la dernière. » Il les salue et s'oriente vers Oak Lane, au milieu de laquelle marche un individu. Il freine, malmenant une fois de plus sa cargaison. Le boucan interpelle l'indésirable qui se retourne, une barquette de frites à la main. Hors de lui, Old Sam révèle un visage rougi de colère et d'alcool :

– EH ! LE TROTTOIR, C'EST PAS QU'POUR LES PUTES !

L'homme – trente ans, pas plus – pioche une frite et s'approche nonchalamment. Le laitier détaille son apparence pour le moins atypique : cheveux bruns laqués, costard beige cintré, cravate noire en double-crossing et mocassins marron. Un Mod ? Voilà bien cinq ans qu'Old Sam n'en avait pas vu. L'inconnu termine ses frites et, tout en mâchant, sort de sa poche intérieure une carte :

– Détective Mark Burstyn, que puis-je pour vous ?

– C'est que... désolé, m'sieur.

– Vous êtes le nouveau laitier, c'est ça ?

– Heu... oui.

– Alors, tirez-vous ou je vous fais bouffer toutes vos bouteilles par le cul.

Ni une ni deux, Old Sam contourne l'officier. Mark le regarde s'éloigner, jette la barquette dans une poubelle, sort un mouchoir violet de la poche de son pantalon. Ses doigts essuyés, il ouvre son paquet de Dunhill International. Il coince une cigarette entre ses lèvres et actionne son briquet. Étincelle, flamme, plaisir. Mains dans les poches, Mark poursuit son chemin, croisant deux écoliers en uniforme. Cette vision le renvoie à son enfance à la Moorside School, qu'il n'a jamais réussi à oublier. Comme les coups du proviseur Chester.

Là-bas, les premiers rayons font scintiller les ruines fumantes du temple sikh, dynamité cette nuit. L'odeur du bois calciné lui remémore les porcs carbonisés d'Eackart's Farm, à trois miles d'ici. Une vengeance entre éleveurs, sur laquelle il a enquêté il y a un an. Sa première véritable affaire qui, à l'époque, l'a changé des cambriolages et des lynchages de Pakistanais. Mark s'arrête, pour feuilleter son carnet. Vérification de l'adresse – 62 Oak Lane – transmise par ses confrères du quartier. Il range le carnet, puis lève les yeux. Vieil immeuble. Façade décrépie. Linge aux fenêtres. Mark tire une dernière fois sur sa cigarette et la jette sur le trottoir.

Il pousse la porte, franchit le hall jonché de canettes et d'excréments. Au bout, un escalier étroit et miteux. Il gravit les marches dont les craquements le conduisent au premier étage, sombre. Ronflements à droite. Dispute à gauche. Mark poursuit son ascension. Odeur de pisse. Graffitis. D'abord « *no future* », puis « *gov sucks* [1] » et, plus haut, « *spunk drinker* [2] » suivi d'un numéro de téléphone rendu illisible par l'absence de lumière. Deuxième étage. Émission radio à droite. Silence à gauche. Mark s'aide de la rampe pour affronter la nuit sale, qu'une ampoule allumée dissipe au fil des marches. Troisième étage. Sur le palier, un *bobby* interroge un homme en slip kangourou, qui a une bière à la main. L'agent cesse de noter et, de son stylo, salue Mark :

– Bonjour, détective.

– Bonjour, messieurs.

---

1. « Gouvernement de merde ».
2. « Buveur de foutre ».

L'homme l'accueille en levant sa canette. Sous le regard d'autres voisins, Mark se dirige vers l'appartement d'en face. Porte ouverte. Lumière. Sons caractéristiques d'une perquisition effectuée sans précaution. Il enfile ses gants en latex et, de l'index droit, pousse la porte. Grincement. Couloir exigu. Atmosphère d'encens et de tabac froid. Tapisserie kaléidoscopique aux losanges orange et marron. Cuisine à gauche. Vaisselle entassée dans l'évier. Salle de bains à droite. Baignoire remplie de charbon. « Trafic », se dit-il, avant de pénétrer dans le salon. Petite chaudière, petites tortues dans petit aquarium, petite table ronde, petites chaises, petite litière pour chat, petit téléviseur allumé mais sans le son, Mark reconnaît Top of the Pops.

Dans un coin, un agent fouille les tiroirs d'une commode. Un autre retire les coussins du canapé et, découvrant une petite liasse, la met aussitôt dans sa poche. Aucun d'eux n'a remarqué la présence de Mark, lequel a tout vu. Il ne dit rien, car il n'y a rien à dire. Juste à déplorer que les flics touchent trois fois moins que les dealers et les macs. Mark s'approche du téléviseur, dont il monte brusquement le volume. Beuglement d'Elton John, sursaut des agents :

– PUTAIN DE… oh, détective Burstyn ! Vous nous avez fait peur !

– C'était le but, agent…

– Guilmore, puis indiquant l'autre devant la commode, et voici l'agent Frost.

– Vous avez trouvé quelque chose ?

– Rien de spécial.

– Alors, continuez.

Un ronronnement attire son attention sur ses mocassins, contre lesquels se frotte un chaton angora blanc.

– Désolé, vieux ! J'ai mes gants, je ne peux pas te caresser.

Le félin repasse inlassablement contre ses mollets. Mark s'accroupit, approchant son nez de la moustache du chaton :

– Tu as faim, c'est ça ? Attends un peu… Guilmore ! Allez nourrir le chat.

– Mais…

– Merci, conclut Mark.

Guilmore remet les coussins et, les bras ballants, se dirige vers la cuisine. Le chaton l'y rejoint aussitôt. Au même moment, un quadragénaire vêtu d'une salopette en jean sort de la chambre. Il rejoint les trois hommes dans le salon, change son appareil photo de main pour serrer celle de Mark :

– Salut, toi ! Toujours pas revenu des sixties, à ce que je vois ?

– Ben, oui.

– Je te rappelle qu'on est en 77 !

– Tu peux parler ! Avec tes favoris, t'as la gueule de Bligh [1] !

Le photographe recule, incommodé par son haleine « frites-mayo-tabac ». Mark le regarde sortir, puis pénètre dans la chambre. Murs roses. Tapis de style « indien acheté au coin de la rue ». Posters de Syd Barrett et du Che. Fenêtre fermée. Miroir à bascule. Penderie ouverte. Vêtements sexy bon marché.

1. Capitaine du vaisseau le *Bounty*, célèbre pour la mutinerie de son équipage survenue en 1787.

Soutien-gorge, culotte jaunie et collants sur le plancher. Table avec lampe à l'abat-jour cassé, deux Woodbines, chips au vinaigre, seringue, cuillère, briquet et élastique. Mark examine le mur rougi d'effusions sanguines et les suit jusqu'au lit où gît Tina Wilson.

11 h 03.
Biiiip... biiiip... biiip...

– West Yorkshire Police Station, à votre service !
– Bonjour, détective Burstyn, du bureau de Bradford. Je souhaiterais parler à l'inspecteur John Knox du C.I.D., s'il vous plaît.
– Il s'appelle George et il n'est joignable qu'au poste de Millgarth, à Leeds.
– D'accord, merci. Au revoir.

11 h 04.
Biiiip... biiiip... biiiip... biiii...

– Millgarth Police Station, j'écoute !
– Bonjour, détective Burstyn du bureau de Bradford. Je souhaiterais parler à l'inspecteur George Knox, s'il vous plaît.
– Il est sorti.
– À son retour, dites-lui s'il vous plaît de rappeler le détective Burstyn du poste de Manningham au 01274...
– Oh, moins vite ! Alors, « 01274 » et ensuite ?
– 306618. J'y serai jusqu'à 18 heures.
– OK.
– Merci, au revoir.

17 h 52.
Biiip… biiii…

– Millgarth Police Station, j'écoute !
– Bonsoir, c'est encore le détective Burstyn.
– « Encore » ?
– J'ai déjà appelé en fin de matinée. Ce n'est pas vous que j'ai eu au téléphone ?
– Ben, non.
– Bon, est-ce que l'inspecteur Knox est là ?
– Heu… oui ! Ne quittez pas.

– Knox !
– Bonsoir, détective Burstyn du bureau de Bradford. J'attendais votre appel, on ne vous a pas transmis mon message ?
– Non.
– Pff… vive la communication, entre les services !
– Ne m'en parlez pas. Que voulez-vous ?
– Voilà : ce matin, j'ai constaté le décès d'une prostituée de trente-deux ans, une certaine Tina Wilson. On l'a trouvée dans son appart' et…
– En quoi ça me concerne ?
– L'autopsie fait état de coups à l'arrière du crâne et de lacérations sur l'abdomen. Ça m'a fait penser à ces filles de Leeds, alors je me disais… vous êtes toujours là ?
– Non, j'arrive.

10

18 avril 1977

Wellington Road, Leeds/Bradford.

Au volant de sa Rover noire, George traverse les vertes étendues en direction de la petite Grise. En deux ans, il ne s'y est rendu qu'une fois (avec Kathryn, qui voulait y faire du shopping), mais cela lui suffit. Il n'a jamais compris l'utilité de cette ville, réplique miniature de Leeds : même verdure naturelle, même grisaille industrielle et même misère humaine.

Ça n'a pas toujours été ainsi, uniquement depuis la politique urbaine des Travaillistes. C'est ce que dit Kathryn et elle a raison, car le gouvernement mise – à perte – sur le secteur public pour renforcer son programme de redistribution. Au mépris du privé qui, selon les Conservateurs, est le seul à pouvoir enrayer…

Wilma McCrane
Emily Oldson
Irene Richards

… la crise. George a bien un avis, mais le garde pour lui. Tout ce qu'il voit, c'est que le pays agonise et que le parti pour lequel il a voté le saigne davantage avec sa politique humainement louable, mais économiquement fatale.

Pour lui, le problème des Travaillistes vient du fait qu'ils sont soucieux de leur popularité. Et ça n'est pas près de s'arranger. Ici, quand les boîtes ne font pas faillite, elles sont délocalisées en périphérie des grandes villes comme Londres. Là où se concentre la « nouvelle économie ». Là où tout se passe. Là où il habitait, avant. Il contourne le rond-point d'Eastwood Well, avant de prendre la première sortie. Sous un ciel de plomb…

Wilma McCrane
Emily Oldson
Irene Richards

… son pare-brise lui renvoie des collines, ornées de maisons en pierre. George la trouve ennuyeuse, cette vision que les autochtones qualifient d'apaisante. S'il leur pardonne leur fierté, c'est qu'ils n'ont que ça en dehors de leur club des Bradford Bulls.

À la vue d'un tracteur, George ralentit. Il en profite pour saisir la carte routière sur le siège passager. Bientôt arrivé. Exaspéré par la lenteur du tracteur, il le dépasse en direction de Jacob's Well. Là-bas, un groupe de jeunes explose des boîtes aux lettres avec des pétards. George laisse passer une Maxi jaune, puis traverse Bradford. Vieux piétons, zombifiés par une vie de travail. Il se repère aux panneaux…

Wilma McCrane
Emily Oldson
Irene Richards

… et s’engage sur Lilycroft Road, ponctuée de pavillons aux façades jaunes et bleues, avec des jardinets impeccables. Le reste se partage entre églises, épiceries et boutiques. Quartier sympa, pour qui aime le confort d’une vie molle. « Kat serait bien, ici », se dit-il, avant d’apercevoir le poste de Manningham. Petit parking avec deux véhicules de police, garés à côté. « Évidemment. »

Il coupe le contact, prend les dossiers des victimes dans la boîte à gants. Ajustement de ses lunettes, et le voilà sorti de sa Rover. Froideur du climat, si agressive qu’elle lui anesthésie le visage. Quant à l’air, son humidité semble lui liquéfier l’entrecuisse. Il claque la portière et, les dossiers à la main, se dirige vers les bureaux.

Assis sur les marches, un individu lit un *Rolling Stone* dont la couverture consacrée à Clapton lui cache le visage. George l’ignore et se présente devant la porte.

– Inspecteur Knox ?

– Vous êtes… ?

Mark se lève et lui adresse un sourire, que lui renvoient les Ray Ban. Déstabilisé, mais il n’en révèle rien. George considère sa revue et sa tenue avec dédain. Deux flics, deux grades, deux époques. Sans le savoir, ils symbolisent chacun à leur manière une Angleterre à l’avenir compromis : l’un s’habillant au passé et l’autre qui, malgré ses efforts vestimentaires, fait mentir le présent. Mark lui serre la main :

– Bonjour ! Détective Burstyn. Bienvenue à Bradford.

– Bonjour. Le légiste est là, cette fois ?

– Ah ! Vous n’avez pas apprécié, à ce que je vois.

– J’aurais en effet préféré venir hier, ça m’aurait évité de perdre une journée.

– Oui, mais je vous ai dit que notre légiste était déjà parti.

– « Parti tôt ».

– Si vos amis de Leeds vous avaient transmis mon appel, vous auriez eu le temps de venir ici avant la fermeture de la morgue.

– Ce ne sont pas mes amis.

Mark coince son *Rolling Stone* sous son bras gauche et, de la main droite, sort son paquet de cigarettes. Il le propose à George, qui refuse. Mark s'en allume une :

– C'est rare, un inspecteur qui ne fume pas !

– C'est rare, un détective qui peut se payer des Dunhill.

– Qui vous dit que je les achète ? (Et souriant :) vous avez arrêté ou… ?

– Je ne fume pas, pas plus que je ne bois ou ne joue au cricket. On y va ?

– Détendez-vous, inspecteur.

– Je ne suis pas venu pour ça. Où se trouve la morgue ?

Blasé, Mark lui fait signe de le suivre derrière les bureaux. George lui emboîte le pas, enjambant comme lui les flaques d'eau. Les yeux rivés sur le sol, il sort son carnet et retire le stylo de la spirale :

– Je vous écoute.

– Dites donc, vous êtes pressé !

– Oui, pressé de quitter cette ville où l'on cesse de travailler à 17 heures et où l'on aime prendre son temps.

– D'accord, « monsieur l'inspecteur de Wakefield ». Alors, voilà : Tina Wilson a passé la soirée du 15 avec un ami et son frère au Haigy's.

– Un bar à putes ? demande George en notant.

– Oui, avec une apostrophe entre le « y » et le « s ».

Ils contournent le bâtiment, en direction d'une cour bétonnée. Devant un fourgon, deux agents discutent d'un sujet apparemment drôle. À l'écoute de leur hilarité, George comprend qu'ils commentent le recul des Travaillistes aux élections partielles. Le duo se tait et les regarde.

– Salut, les gars ! leur lance Mark, je vous présente…

– On sait qui c'est, répond l'un d'eux.

Le binôme regarde passer ce « flic de là-bas ». Bradford, copie de Leeds jusque dans sa crétinerie relationnelle entre les services. George les ignore dans une tension qui indispose Mark. De sa cigarette, il lui indique la morgue :

– Ne faites pas attention à eux.

– Ce n'est rien, j'ai l'habitude.

– Je comprends… avec ces rumeurs de corruption, on devient tous paranos.

– Pas moi.

Mark jette sa cigarette et ouvre la porte. Il laisse passer George, lequel détaille la pièce. Fraîcheur ambiante. Blancheur surnaturelle des murs. Fenêtres aux stores partiellement baissés. Dans un coin, un vieux dégarni vêtu d'une blouse se rince les mains. Mark referme la porte, attirant son attention. Il tourne le robinet, récupère une serviette et, tête baissée, les rejoint en s'essuyant les mains. Arrivé devant eux, il redresse la tête. Ses yeux globuleux rivalisent avec les Ray Ban de George, qui lui font un regard de mouche. Mark s'en amuse en secret, puis s'adresse au légiste :

– Rob, je te présente…

– Inspecteur Knox, C.I.D. de Wakefield.

– Dr Nolan, enchanté. Désolé pour hier, mais l'heure, c'est l'heure.

– Si vous le dites. Où est le corps ?

– Je vais vous montrer le dossier de la vict…

– Je veux voir le corps.

Le légiste se tourne vers Mark, au sourire complice. Le Dr Nolan pose sa serviette sur une table, puis les invite à le suivre. Tous trois traversent la morgue, déserte. Rien à voir avec celle de Wakefield et ses trois cadavres en moyenne par jour. Le Dr Nolan s'arrête devant un mur métallique découpé en cases, où se reflètent leurs visages déformés. Il tire avec effort sur l'une des poignées, révélant un corps drapé de blanc. Délicatement, il dévoile le visage bleuté de Tina Wilson, puis son cou lacéré, ses seins tailladés et son ventre béant. Il retrousse le drap sur les hanches, cède la place à George. Celui-ci rouvre son carnet, Mark pose son magazine sur une table :

– Elle a été tuée dans son appart' d'Oak Lane, à deux pas du Haigy's.

– Qui a découvert le corps ?

– Son frère. Il s'inquiétait, car il n'avait plus de nouvelles après leur soirée. Il est venu chez elle le lendemain et…

– Elle était nue ?

– Oui. Allongée sur le dos, les bras en croix.

George caresse son bouc en signe de déception. « Pas allongée sur le ventre, comme les trois autres. » Il note cet élément, que Mark tente de lire discrètement. Le Dr Nolan s'en va ouvrir l'un des tiroirs de son bureau. Il en sort un dossier, qu'il feuillette en revenant jusqu'à George :

– Tina Wilson, trente-trois ans, prostituée et…

– Le détective Burstyn a évoqué des coups à l'arrière du crâne.

– Trois et causés par un marteau, dit-il en les lui indiquant.

– Coups mortels ?

– Le premier a endommagé le lobe occipital, mais c'est le second qui l'a perforé et a créé l'hémorragie. Quant au troisième, il n'a fait « que » creuser l'orifice.

George prend quelques notes, change de page, se rapproche du corps. Paupières closes striées de bleu. Cheveux terreux croûtés de sang. Gorge souriante, au larynx sectionné. *Chéri, détends-toi, un peu ! Et puis, cesse de t'inquiéter !* Oui, Kat. Tu me manques, Kat. J'ai hâte que tu rentres, Kat.

– Égorgée de droite à gauche, poursuit le légiste, plaie identique à celles du ventre et donc causée par la même lame.

– Huit lacérations ?

– Sept. Celle-ci a été indirectement causée par ces deux-là.

George examine la hanche gauche, tailladée. Mutilation post-mortem, d'autant plus terrifiante que celle-ci est gratuite. Il ouvre son dossier sur Wilma McCrane, compare ses blessures avec celles de Tina Wilson, fait de même avec les deux autres victimes. Mark incline la tête pour lorgner sur les photos. Irrité, George referme les dossiers et écrit quelques mots sur son carnet, qu'il range enfin :

– Merci, docteur.

– Alors ? lui demande Mark, vous pensez que c'est le même tueur ?

Soupir appuyé de George. Il serre la main du Dr Nolan, mais pas celle du jeune détective, et traverse la morgue jusqu'à la porte. Vexé, Mark arrache le dossier des mains du médecin. Il sort à son tour et traverse la cour, que le binôme a maintenant désertée. Il court en direction de George :

– OH ! ÇA VOUS ÉCORCHERAIT DE ME RÉPONDRE ?

– La discrétion, ça vous dit quelque chose ? Vous m'avez questionné sur mon enquête en présence d'une tierce personne.

– Un légiste.

– Il ne vous est pas venu à l'idée que le tueur pouvait être médecin ? Les lacérations ont pu être causées par des instruments médicaux.

– Vous soupçonnez « notre » Dr Nolan ?

– Non, mais soyez discret à l'avenir. Qu'avez-vous appris à l'école de police ?

– La même chose que vous, à traquer les criminels.

– Je vois, vous êtes devenu flic pour avoir trop biberonné les enquêtes de Peter Gunn.

– Elles étaient plus palpitantes que celles de Dixon [1], non ?

George marque un temps d'arrêt, au terme duquel il consent à sourire. Mark allume – déjà – une autre cigarette et balaie la fumée d'une main précieuse :

– Maintenant que nous sommes seuls, puis-je avoir votre avis ?

– Je doute que ce soit le même tueur. Wilson était une pute comme les trois autres mais, contrairement à elles, elle n'habitait pas à Leeds, a été tuée à son

1. Policier de la série *Dixon of Dock Green*, diffusée sur la BBC de 1955 à 1976, relatant le quotidien d'un poste de police.

domicile et n'a pas été allongée sur le ventre. Sans compter sa hanche lacérée…

– … et l'empreinte, ajoute Mark.

– Quoi « l'empreinte » ?

– Sur le drap, nous avons trouvé l'empreinte d'une botte de pointure 41.

– Et quand comptiez-vous me le dire ?

– C'est stipulé dans le dossier, mais vous avez préféré voir le corps.

Les lèvres de George se crispent. Il le cible de son regard d'argent, jusqu'à ce que Mark baisse les yeux. Alors, George réfléchit. « Pointure 41, comme sur la cuisse droite d'Emily Oldson. » Ses pensées sont interrompues par un vieillard, fouillant une poubelle sur le trottoir d'en face.

– Burstyn, je vais emporter votre dossier pour voir s'il est lié à mon affaire.

– Pourquoi ce serait à vous de le faire ?

– Parce que je suis inspecteur et que vous n'êtes que détective.

– Je vous rappelle que c'est moi qui vous ai contacté.

– Et moi, je vous rappelle que les homicides à Bradford relèvent de Wakefield. Filez-moi ce dossier ou j'informe votre chef que vous faites obstruction à mon enquête.

Mark fixe les Ray Ban avec insistance, comme s'il pouvait les fissurer de sa colère, puis tire sur sa cigarette :

– D'accord, mais c'est donnant-donnant.

– Je ne peux pas vous laisser mes dossiers. Avez-vous un ordinateur ?

– Non. « Trop cher », d'après notre ministre.

– Un fax ?

– Oui, mais il déconne. Je vais photocopier le dossier et vous l'envoyer à Leeds.

– Plutôt à Wakefield. Je ferai de même avec les trois autres victimes.

– Merci. En revanche, il va falloir en informer mon supérieur.

– Je vous laisse ce plaisir.

Un coup de tonnerre ponctue leur échange. George regarde le ciel encombré, puis lui serre enfin la main. Mark le regarde s'éloigner avant de réaliser – « Et merde ! » – qu'il a oublié son magazine à la morgue. George traverse le parking où, perdu dans ses pensées, il dépasse sa Rover.

– Inspecteur Knox !

– Mmh ?

– Votre voiture !

George le remercie de la main et revient sur ses pas, pour ouvrir sa portière. Mark accourt jusqu'à lui :

– Il va flotter !

– Je sais, dit-il en s'installant au volant.

– Les routes sont sinueuses, c'est dangereux. Vous devriez attendre.

– Et si la pluie s'éternise ?

– Eh bien, nous irons boire un coup.

– Merci, mais je vais rentrer.

– Je vois, Mrs Knox vous attend pour le thé ?

George claque la portière, à la stupeur de son jeune confrère. Le moteur vrombit en écho au tonnerre, de plus en plus violent. Perplexe, Mark regarde George effectuer un demi-tour brutal. Il laisse passer un bus, puis renoue avec Lilycroft Road. À mesure qu'il roule, son pare-brise lui révèle un ciel gris aux nuages étranges. Des nuages à visage humain, ceux de…

… Wilma McCrane
Emily Oldson
Irene Richards
Tina Wilson

11

6 juin 1977

Millgarth Police Station, Leeds.

« … et je voulais dire que je suis fière de la Reine. J'espère que tous ces connards, ils vont arrêter leurs manifs pour la laisser fêter son Jubilé d'demain !

– Rassure-toi, lui dit l'animateur, nous sommes nombreux à l'aimer, notre Reine.

– Ouais, 'y a qu'à voir sa visite à Camperdown Park, c'était l'hystérie ! Allez, salut !

– Merci pour ton enthousiasme, Phil. Auditeur suivant !

– Salut, John ! J'm'appelle James, mais on dit "Jim"… J'appelle pour c'te sale affaire sur les flics. Moody, tu t'rends compte ? Il dirigeait une brigade et qu'est-ce qu'on apprend ? Qu'il s'faisait graisser la patte par les boss du porno !

– Je suis aussi déçu que toi, Jim.

– J'suis pas déçu, j'suis écœuré ! Après les syndicats, v'là que c'est les flics qui nous trahissent, eux aussi ! Pas étonnant qu'le pays, il est en train d'crever ! »

George censure l'unique transistor du poste de Millgarth. Les officiers présents échangent des regards, puis retournent à leurs gamelles. George dépasse le bureau de Caine, où celui-ci s'est encore enfermé comme tous les midis, et regagne son local à côté des chiottes. Une fois sur deux, ses « confrères » se trompent de porte et le dérangent – non – l'exaspèrent. Il sait qu'ils le font exprès, mais il ne cédera pas. Il s'en fout. Il a bien autre chose à penser, depuis un an et demi. Déjà.

Trois jours par semaine, il supervise ici les recherches sur « L'Éventreur ». Enquêtes dans l'entourage des victimes, interrogatoires des clients, comparaison des alibis et pointures, relance des campagnes d'affichage, diffusion des portraits-robots… Un an et demi, et toujours rien. À Leeds comme à Bradford. Car George en est convaincu : McCrane, Oldson, Richards et Wilson ont été tuées par le même homme. Sa certitude a doublé sa masse de travail, son enquête se conjuguant désormais à celle de Mark. Échange d'infos, recherche de liens entre les victimes. Pas vraiment une collaboration. Pour cela, il faudrait qu'ils se contactent fréquemment. Difficile, en l'absence d'éléments nouveaux. La dernière fois que Mark lui a téléphoné, c'était pour dire que son fax était « enfin réparé, si jamais vous avez quelque chose pour moi ».

Trois jours au rythme infernal, dans une ambiance qui l'est tout autant. Le reste de la semaine, il retourne à Wakefield s'occuper d'affaires en cours entre braquages, trafics et viols. Le tout avec des allers-retours entre son domicile et le York Hospital. Kathryn et ses séances de chimio qui, au fil des mois, ont eu raison de ses cheveux.

– Qu'est-ce qui lui a pris d'éteindre ? râle l'un des agents.

– Il l'a mauvaise à cause de Moody, dit un autre.

– Ça ne lui donne pas le droit de museler ce bon vieux John.

– Il ne peut pas aimer son émission, il n'est pas d'ici.

– Et il n'est pas près de partir, murmure un troisième, son enquête patauge.

– En plus, il planche sur la pute de Bradford. Faudrait savoir : son enquête, c'est ici ou là-bas ? On ne peut pas courir plusieurs lièvres en même temps.

– Bah, espérons que c'est le même tueur. Qu'*il* aille nettoyer Bradford, ça nous fera moins de boulot...

Huit jours plus tard, à 9 h 47, des enfants découvrent un cadavre dans le terrain vague bordant Reginald Terrace, à Leeds.

12

14 juin 1977

Morgue de Great George Street, Leeds.

– Jayne Temple, lit Walter à voix haute, née le 3 mars 1961.

– Seize ans, soupire George.

– Elle venait de quitter l'école et était caissière dans un supermarché du coin.

– Donc, ce n'était pas une pute.

– George, quand même ! Seize ans !

– De nos jours, tu sais…

– Mmh. « Bonne famille » et domiciliée à Chapeltown, comme McCrane.

– Qu'est-ce qu'une famille respectable fout dans ce quartier merdique ?

– Tu demanderas à ses parents. Ils tiennent le coup ?

– Comme un couple dont l'enfant a été trucidé.

En retrait, le Dr Greenhill, tête baissée. Depuis leur arrivée, il n'a dit que deux mots : « bonjour » et « voilà ». Bouleversé, il a laissé Walter retirer lui-même le drap. Quant à l'autopsie, elle a été pénible pour ce légiste pourtant aguerri. Son fils n'a pu l'assister et pour cause, il connaissait Jayne Temple. Pas une amie, ni une ex, mais un visage familier.

Agréable, de ceux qui égayent le quotidien et font de l'achat d'un gel douche une aventure humaine. Leeds a beau être l'une des plus grandes villes du pays, ici, tout le monde se connaît : les *Loiners* fréquentent les mêmes lieux, trinquent aux mêmes joies et souffrent d'une même peine. Depuis hier matin, Leeds pleure la disparition de la gentille Jayne. Walter feuillette le rapport et soupire :

– Trucidée et traînée sur vingt mètres, jusqu'aux poubelles. Un coup de marteau, dix-huit lacérations sur la poitrine.

– C'est donc le même homme.

– Possible…

– C'est lui, j'en suis sûr.

Greenhill redresse la tête, révélant un visage considérablement vieilli. Une affliction si intense qu'elle en est devenue physique. Il regarde les deux officiers, quand son champ de vision est attiré par le cadavre. Il baisse les yeux :

– Messieurs, je… je vais vous laisser.

– D'accord. Merci, docteur.

Ils le regardent s'éloigner lentement, les bras ballants. À peine a-t-il refermé la porte de son bureau que George laisse éclater sa colère :

– Le tueur se fout de nous ! D'abord, *il* change de ville et après, de profil de victime !

– Rien n'indique qu'*il* ait tué celle de Bradford.

– Je te dis que c'est *lui*, et Burstyn est d'accord avec moi.

– Ah, oui ! Ce p'tit con…

– Il est du genre snob, mais c'est un « bon ».

– Tu crois que tu peux compter sur lui ?

– Plus que sur Caine. Lui, il fait tout pour pourrir mon enquête : l'autre jour, une pute me parle d'un mec marié, un moustachu qu'elle trouve louche avec des délires genre « appelle-moi papa quand je t'encule ». Bref, je me pointe chez lui…

– … et Caine l'avait déjà embarqué ?

– Ouais. Du coup, sa femme est venue faire un scandale dans mon bureau.

Walter lui tapote l'épaule et recouvre le corps de la victime. La cinquième selon George, auquel il donne le dossier :

– Que comptes-tu faire ?

– Ce que je fais depuis le début : voisinage, recoupements, portrait-robot, etc.

– Jusqu'à présent, ça n'a rien donné. Dehors, ça gueule de plus en plus.

– Je sais, et je trouve ça déplorable. Tout le monde pleure la petite Jayne mais se fout des putes qui l'ont précédée.

– Des « victimes comme les autres », c'est ça ?

– Des femmes comme les autres.

Walter acquiesce et s'assoit sur le tabouret le plus proche, où il se masse le visage à deux mains. George, amer :

– Pour une fois, la presse a vu juste : depuis Jack, on n'avait pas eu un tueur aussi malin. *Il* cible des putes, dont *il* sait qu'il nous est difficile de les surveiller. Quant à la petite, c'est un message qu'*il* nous adresse et à toutes les femmes du Nord.

– En trente ans de carrière, soupire Walter, je n'ai jamais vu ça.

– Le monde change, la crête a remplacé le chapeau melon.

– S'il n'y avait que ça. On a mendié un prêt au F.M.I. comme un vulgaire pays du tiers-monde, alors que les dons pour le Jubilé ont atteint un million. Le peuple dit qu'il ne peut plus se payer à bouffer, mais donne quand même !

– Les gens sont cons. Tu ne le savais pas ?

– Si, mais… je me demande où va le pays.

Silence, où transparaît la rage extérieure entre bris de verre et jets de pierres. Walter se lève et se dirige avec George jusqu'à la porte où viennent se fracasser des bouteilles. Inspiration. Poignée. Ouverture. Enfer. *Yorkshire Post*, *Daily Mirror*, *Guardian* et même le *Daily Telegraph*, toujours à l'affût du sordide. Questions des journalistes, insultes de la foule, réponse musclée des *bobbies*.

Harcelés de toutes parts, George et Walter se frayent un chemin sous l'escorte de policiers. Une bouteille se brise sur la Jaguar, manquant de heurter Walter. Il se réfugie à l'arrière, où le rejoint son ami. Tandis que le chauffeur démarre, George regarde à travers la vitre :

– Walt, tu te demandes où va le pays ?

– Et alors ?

– Là, répond-il… en lui indiquant un mur, sur le trottoir d'en face. Un mur sur lequel est écrit « HANG THE RIPPER [1] », repris en chœur par les habitants aux poings levés.

Trois semaines plus tard, les officiers du C.I.D. ont interrogé plus de sept cents habitants des vingt et une

1. « Pendez l'Éventreur ».

rues proches de Reginald Terrace, et recueilli plus de trois mille dépositions. À l'initiative de Rubin, George a participé à une émission de Radio Leeds pour lancer un appel à témoin. De son côté, Walter a sollicité Sheila Philips, l'une de ses inspectrices. Coiffée et vêtue comme Jayne Temple, elle a refait à pied son trajet jusqu'au lieu de l'agression, au cas où un badaud trahirait une attitude suspecte. Le stratagème a duré trois jours. Trois jours pour rien.

13

10 juillet 1977

York Hospital, chambre 308.

Penchée au-dessus de la cuvette, Kathryn régurgite sous les yeux de George, désemparé. Elle crache et recommence, si violemment qu'elle perd le foulard qui dissimulait son crâne chauve. George le ramasse et, de l'autre main, lui caresse le dos. Essoufflée, Kathryn lui fait signe de quitter la salle de bains. Il sort, s'assoit sur le lit et attend. Là-bas, continuent les sons insoutenables. Il frémit à chacun d'eux, connecté viscéralement au supplice de celle qu'il aime. Chimio de merde. Et pourtant, sans elle, Kathryn serait déjà… il secoue la tête, refusant cette idée. Les larmes aux yeux, il fixe le foulard entre ses mains. Après tout, vomir, ce n'est pas si grave. Ça arrive à tout le monde. Non, ce qui est insupportable dans le fait de vomir, c'est la sonorité. Comme si l'organisme tout entier reniait la vie et en expulsait la moindre composante. Aussi, difficile de croire que Kathryn doive passer par là pour vaincre ce « fichu crabe ».

George se lève et se plante devant la fenêtre, le foulard à la main. Dehors, un soleil imprévu fait miroiter la carrosserie des voitures sur Wiggington Road. Derrière lui, Kathryn régurgite à nouveau. Moins bruyamment. Fini pour ce matin. Il se retourne, guettant sa réapparition. Son regard se pose sur le plateau, avec ses couverts en plastique et ses deux barquettes. L'une contenant un rosbif caoutchouteux et l'autre, un Yorkshire pudding trop cuit dans trop de graisse. « Plat typique d'ici », avait pourtant dit l'infirmière blonde. Plutôt un complément vomitif au traitement.

Sur la table de chevet, à côté d'un gobelet et d'une bouteille d'eau, les revues qu'il a apportées à Kathryn. Des *Melody Maker*, « son » *Daily Mail* et un exemplaire du *Sun*, daté de deux semaines. George lorgne sur la une, consacrée à l'opération 39PNH. Trois lettres anodines pour un code terrifiant : « Police Nigger Hunt », la bonne vieille chasse aux nègres. Après le scandale du C.I.D., un autre concernant la police de Lewisham. Sous cette violence, les couvertures des magazines de jardinage. « Égayez votre jardin pour épater vos voisins » et autres conneries, qui font du bien à Kathryn. Sacrée Kathryn. Rongée par la mort, elle ne parle que de ce parterre de fleurs violettes qu'elle veut à l'entrée de leur maison. George a dit qu'il s'en occuperait, mais elle sait qu'il ne le fera pas. Elle ne lui en veut pas. Après tout, elle lui avait promis d'être là, au Noël dernier.

Elle revient enfin, essuyant ses lèvres avec du papier toilette. George pose le foulard sur l'étagère, à côté de ses lunettes, et vient jusqu'à elle :

– Tu veux boire ?

– S'il te plaît.

Il lui remplit son gobelet, qu'elle soulève des deux mains. Elle le vide aussitôt, puis récupère le foulard. Gêné, George baisse les yeux, la laissant coiffer son crâne. Kathryn effectue ensuite deux pas fatigants jusqu'au lit. Il l'aide à s'allonger et, après avoir remonté son oreiller, l'embrasse sur le front. Kathryn lui caresse le bouc :

– Merci, chéri.

– « Pour le meilleur et pour le pire », dit-il en simulant un sourire.

– Pour l'instant, c'est surtout le pire... j'en ai marre de vomir.

– Pas étonnant, avec ce qu'on te sert à manger. Et ton père ? Tu lui as dit ?

– Je ne veux pas l'inquiéter, j'attends l'évolution du traitement.

– Et s'il vient nous voir ?

– Il faudrait déjà qu'il consente à s'éloigner de ses Highlands.

Au même instant, survient un « Toc ! Toc ! ». La porte s'ouvre sur l'infirmière du « plat typique d'ici » :

– Navrée de vous importuner, messieurs-dames.

– Ce n'est rien, sourit Kathryn.

– Mr Knox, on vous demande au téléphone. Nous avons transféré la communication, le standard est au bout du couloir.

– Merci, j'arrive.

L'infirmière ressort et, après hésitation, laisse la porte entrouverte. George, furieux :

– À tous les coups, c'est le boulot !

– George...

– Oui, je sais : « détends-toi ». Je reviens vite, chérie.

– Prends ton temps, je vais me reposer un peu.

Il lui serre la main – fort – et quitte la chambre, refermant délicatement la porte. D'un pas ferme, il traverse le couloir de l'hôpital et ses murs au vert administratif. Portes ouvertes sur la maladie des uns, veillés par d'autres. George se dirige jusqu'au bureau d'une infirmière, toute frêle, qui lui tend un téléphone blanc.

– Merci. Knox ! dit-il dans le combiné.

– C'est Burstyn. Je vous ai appelé à Millgarth et l'inspecteur Caine m'a dit que vous étiez à l'hosto. Il vous est arrivé quelque chose ?

– Que voulez-vous ?

– On a une nouvelle victime à Bradford.

– Merde, c'est pas vrai…

– Mmh. Une pute, vingt-neuf ans.

– Bon, j'arrive. En attendant…

– Inspecteur ?

– Quoi ?

– Elle a survécu.

14

Le lendemain

Market Street, Bradford.

Retour à la petite Grise. Même froideur et même stérilité immobilière. Une fois n'est pas coutume, Bradford se distingue de Leeds avec sa manif de chômeurs. Rues fiévreuses, bidons enflammés, policiers en déroute. Scènes de chaos où les laissés-pour-compte se réapproprient leurs quartiers, transformant les inégalités sociales en égalité humaine.

Impassible, George conduit sous une pluie de projectiles. Un pavé – non, deux – échouent sur le coffre, ce qui ne le dérange pas outre mesure. Qu'ils la lui cassent, sa Rover, il demandera un meilleur modèle à Walter. Et pourquoi pas la même Jaguar que lui ? George y songe, sans réelle convoitise : un tel bijou s'accompagne de hautes responsabilités et il ne veut pas d'une vie figée derrière un bureau.

Il zigzague entre deux enragés et s'engage sur Drill Parade, où il aperçoit le Swan Hospital. D'un hôpital à un autre… cette vision le renvoie à Kathryn, endormie quand il a regagné sa chambre. Il aurait pu aller directement à Bradford, mais Mark lui a conseillé d'attendre une journée avant de rendre visite à Maureen Ayers. Le temps pour elle de sortir de l'état de choc consécutif à son agression.

George traverse le parking, aussi encombré que celui d'un concessionnaire : les vautours de la presse sont déjà là. Son intuition se confirme à la vue de l'attroupement devant l'hôpital. Plus loin, encadrés par des *bobbies*, des anonymes dénoncent la barbarie de « L'Éventreur » autant que l'incompétence des autorités. George pianote nerveusement sur le volant, se gare entre une Aston Martin et une camionnette de la BBC. S'il avait le temps, il lui aurait bien crevé les pneus. Il sort, aussitôt cueilli par deux agents :

– Bonjour, inspecteur !

– Le détective Burstyn nous envoie, ajoute le second, il vous attend derrière.

George referme sa portière sans la claquer, pour ne pas alerter la meute. Tête baissée, il suit le binôme à travers le parking. À l'entrée de l'hôpital, un correspondant du *Daily Telegraph* les surprend :

– Mais... c'est... C'EST KNOX ! LÀ-BAS !

– Et merde ! peste George.

– VITE ! s'écrie l'un des agents en lui indiquant...

... une porte derrière l'hôpital. Apostrophé par la presse, George se précipite en contournant le bâtiment. La nébuleuse fuse, armée de micros et de caméras :

– INSPECTEUR ! VOTRE PRÉSENCE ICI SIGNIFIE-T-ELLE QU'IL S'AGIT ENCORE DE « L'ÉVENTREUR » ?

– QUE RÉPONDEZ-VOUS AUX PARENTS DE JAYNE TEMPLE, QUI VOUS ACCUSENT DE BÂCLER L'ENQUÊTE ?

– QUAND VOUS ÉTIEZ À LONDRES, AVIEZ-VOUS CONNAISSANCE DES MAGOUILLES DE BILL MOODY ?

La porte se referme au soulagement des trois hommes. Essoufflé, George se penche pour reprendre sa respiration… confronté à une tourte à la viande. Mark en croque un morceau et dit en mâchant :

– Bonjour, inspecteur. Vous n'enlevez jamais vos Ray Ban ?

– Et vous ? Vous ne changez jamais de vêtements ?

– De slip et de chaussettes, uniquement. Ça a l'air d'être la cohue, dehors.

– Oui. Je savais que la presse se nourrissait du sordide, mais là, c'est l'orgie.

– Si, au moins, elle pouvait avoir une indigestion, ça nous ferait des vacances.

– Hélas, « la charogne n'empoisonne pas le corbeau ».

– C'est le proverbe préféré de ma mère, sourit Mark.

– Dites tout de suite que je suis vieux.

– Je ne me permettrais pas. Et indiquant l'escalier de secours : C'est par ici.

George monte les marches en desserrant sa cravate. Mark dit aux agents de garder la porte et le suit dans l'escalier. Les étages se succèdent sans un mot. Seuls résonnent leurs pas et les mastications de Mark. Au troisième, celui-ci lui demande :

– Vous n'êtes pas pressé, aujourd'hui ?

– Si.

– Alors, qu'attendez-vous pour me bombarder de questions ?

– Je reprends mon souffle. Après la course, l'escalier… vous ne me ménagez pas. C'est encore loin ?

– Sa chambre est au cinquième.

George s'arrête et, de la tête, l'invite à le dépasser. Mark ne se fait pas prier, y voyant une revanche :

– Merci, inspecteur.

– De rien. Maintenant que vous êtes devant, vous pourrez m'ouvrir la porte.

D'autres seraient vexés, mais pas Mark. Du moins, plus maintenant. En trois mois, il s'est habitué aux reparties cinglantes de Knox. Il termine sa tourte, gravit les deux derniers étages et ouvre la porte. Aucun journaliste, apparemment. George le rejoint dans le couloir, dont l'odeur de produit d'entretien le renvoie au York Hospital. Kathryn, encore…

La porte se referme derrière lui, abrégeant ses pensées. Ils arpentent le couloir, saluant un médecin moustaché à la Zappa. Les chambres se succèdent jusqu'au local réservé au personnel, ouvert. À l'intérieur, des armoires remplies de flacons et des étagères ankylosées de matériel médical. George chuchote :

– Marteau ?

– Oui, un seul coup. Rob a constaté la plaie : moins précise, mais son diamètre correspond à ceux des « miennes » et des « vôtres ».

– Arrêtez avec ça. Ce sont des victimes, avec des noms.

– S'il fallait à chaque fois… ça commence à en faire, des noms.

– Je sais, on me le dit tous les jours. Ayers vous a parlé ?

– Non. Je suis allé la voir pendant qu'elle dormait. Elle a survécu, mais… *il* n'y est pas allé de main morte.

Une infirmière sort d'une chambre, avec une panière de linge. Elle les regarde se diriger vers une porte gardée par un agent. Assis sur une chaise, il se cure le nez avec assiduité. Les voyant arriver, il extirpe son index et se dresse au garde-à-vous :

– Bonjour, inspecteur Knox.

– Vous en avez encore, dit George en lui indiquant sa narine gauche.

Honteux, l'agent baisse les yeux. Mark pourrait en rire si, derrière la porte, il n'y avait pas Maureen Ayers. Maureen Ayers qui a survécu. Maureen Ayers qui a PEUT-ÊTRE vu son agresseur. Il désigne à George ses lunettes :

– Vous devriez les enlever.

– Pourquoi ?

– Pour qu'elle n'y voie pas son reflet. Elle est si amochée que nous avons retiré tous les miroirs. Étant donné sa fragilité psychologi…

– Ça va, j'ai compris.

Sa dureté choque Mark, d'autant que George vient de le sermonner sur le respect des victimes. Contradictoire, l'inspecteur Knox ? Non, tout simplement nerveux. Il ôte ses lunettes et les met dans la poche de sa chemise, permettant à Mark de voir enfin ses yeux. « Paupières tombantes, pattes d'oie et cernes… pas étonnant qu'il les cache. » George saisit la poignée, quand Mark lui murmure :

– Attendez.

– Quoi encore ?

– Si on lui tombe dessus à deux, ça va lui mettre une sacrée pression.

– Mmh, je vous laisse l'interroger. Vous avez pratiquement le même âge et vous êtes du coin, ça peut aider. Vous la questionnez, je note.

Il le laisse ouvrir la porte, ce que Mark fait avec une lenteur délicate. Linoléum jaune. Table de chevet beige. Lit gris. Couverture marron. Drap blanc. Chemise de nuit bleue. Cheveux blond cendré. Visage violacé. Maureen Ayers cesse de gratter sa main plâtrée pour détailler Mark, de haut en bas. Dans son dos, il fait signe à George d'attendre et, d'une voix douce, s'adresse à elle :

– Bonjour, mademoiselle.

– Qui… qui vous êtes ?

– Détective Burstyn. Et sortant sa carte : Je peux ?

– Oui… bonjour.

Il fait signe d'entrer à George, lequel découvre le visage de la jeune femme. Arcade gauche enflée. Œil droit injecté de sang. Nez plâtré. Il referme la porte derrière lui et avance. En voyant son bouc, Maureen Ayers se raidit :

– N… non…

– N'ayez crainte, il est avec moi.

– Bonjour, enchaîne George en montrant sa carte, inspecteur Knox.

Maureen acquiesce, sans le saluer. En un coup d'œil, il analyse la chambre. Rideaux bleus scotchés tel un paravent, pour éviter qu'elle ne voie son reflet dans la vitre. Sur la table, une assiette de porridge avec, à côté, une cuillère en plastique. Sa propreté lui révèle que Maureen n'y a pas touché. Il y a aussi une bouteille d'eau, un gobelet, deux pilules rouges et une boîte de Kleenex.

Elle ouvre la bouche, étirant la plaie de sa lèvre supérieure sans manifester le moindre désagrément :

– Que… vous voulez quoi ?

– Vous permettez que je m'installe, Maureen ?

– Oui… personne m'appelle comme ça, je préfère « Mo ».

– D'accord. Vous êtes du coin ? dit-il avant de s'asseoir.

– Non… Manchester.

– Pourquoi êtes-vous venue ici ?

– L'usine où bossait mon mec a fermé… alors il a tenté sa chance ici et je l'ai suivi… puis, il m'a quittée pour une autre.

Touché, Mark joue la carte du regard compatissant avec toutefois une réelle sincérité. Il examine ses ongles, puis se lance :

– Mo, l'inspecteur Knox et moi enquêtons sur un individu qui est probablement celui qui vous a attaquée.

– « L'Éventreur »… c'est ça ?

– Non, ment-il pour la préserver de cette image sensationnaliste.

– Je sais que c'était lui… je lis les journaux, vous savez… et il avait un marteau… il a dit qu'il s'appelait Jim.

Mark écarquille ses yeux, George sort son carnet de sa poche. Maureen se crispe, blême :

– Non… je veux pas de questions.

– Je vais simplement discuter avec vous, dit Mark, je partirai quand vous le voudrez.

Une stratégie risquée que George condamne – « Et si elle nous dit de foutre le camp maintenant ? » – en secret. Fort heureusement, Maureen est encore trop fragile pour faire preuve de la moindre volonté. George retire le capuchon de son stylo, le place à son autre extrémité et note « Jim ». Mark revient à la charge :

– Mo, où avez-vous rencontré Jim ?

– Au Haigy's… quand j'y suis entrée, Jim était au comptoir… je l'ai repéré à sa chemise à carreaux rouges et noirs.

– Genre « bûcheron » ?

Elle acquiesce. George note « Haigy's Bar », qu'il relaie à « Tina Wilson » par une flèche. Il ajoute « Jim déjà là », « chemise bûcheron carreaux rouges/noirs », et attend. Il a envie d'en savoir davantage mais, comme prévu, laisse Mark poursuivre :

– Sauriez-vous le décrire ?

– Blanc… la trentaine… grand… brun, avec des cheveux jusqu'aux épaules.

– Moustachu ?

– Oui… avec un collier de barbe.

– Ah, dit-il avec une déception – il le sait – partagée par George.

– Au menton, c'était un peu plus long… comme l'inspecteur.

À ces mots, tous deux comprennent son effroi à l'apparition de George. Il note tous ces précieux éléments, lorsque Maureen poursuit :

– On a causé… surtout lui, comme s'il assumait pas… pour moi, c'était évident dès le début qu'on finirait par baiser… enfin, normalement.

– Avait-il un accent « d'ici » ?

– Plutôt de Manchester…

– Vous en êtes sûre ?

– Oui… j'y ai grandi, je vous ai dit.

– Et de quoi a-t-il parlé ?

– De tout et de rien… quand *Fool To Cry* est passée, il a dit que depuis la mort de Brian Jones, les Stones faisaient de la merde.

– Je confirme. On est loin de *Jumpin' Jack Flash ! It's a gaz, gaz, gaaaaz !*

Elle libère un sourire qui, le temps d'une seconde, adoucit son visage. Le stylo en attente, George ne partage pas sa réaction devant le « numéro » de son acolyte, même s'il lui reconnaît un indéniable talent pour la diversion. Mark redevient sérieux :

– Et ensuite ?

– Jim m'a demandé si j'avais vu *Star Wars*… j'ai dit non, et il m'a dit qu'il fallait absolument y aller… que les effets spéciaux étaient hallucinants.

– Il paraît. Et après ?

– On est sortis… il m'a fait monter dans sa voiture…

– Quel modèle ?

– Je sais pas… je lui ai dit de rouler jusqu'au terrain, derrière Ash Grove… alors, Jim s'est garé et il m'a filé cinq livres… je suis sortie et, pendant que je mettais le billet dans mon sac, il… il…

Le regard de Maureen se brouille. Des larmes rouge grenadine coulent sur sa joue.

– Mo, vous êtes en sécurité, ici. Jim ne peut plus rien contre vous, à présent. Êtes-vous d'accord pour continuer à…

– J'ai senti un choc derrière ma tête… je suis tombée… sur le ventre et… et…

– Calmez-vous, prenez votre temps.

– … quand je me suis retournée, j'ai vu un marteau… j'ai voulu me protéger de la main… et elle a heurté le marteau… ça m'a fait mal et il est tombé.

– Jim ?

– Non… le marteau… je l'ai pris et je l'ai jeté, loin… alors, Jim m'a frappée avec ses poings et ses pieds…, dit-elle avant d'éclater en sanglots.

Mark approche sa main mais, redoutant la réaction de Maureen, la rétracte. Contre toute attente, elle se blottit contre lui. « Chuuuut, c'est terminé », chuchote-t-il en regardant George. La suite, ils la connaissent tous les deux. Les cris de Maureen ont provoqué la fuite de ce « Jim » et alerté d'autres prostituées. À leur arrivée, la voiture avait déjà disparu sans qu'elles aient pu identifier son modèle, ni son immatriculation.

En fait, ce n'est pas tout à fait terminé pour Maureen Ayers. Il lui reste encore une dernière épreuve à subir, et c'est George qui va la lui infliger.

– Mo, poursuit Mark, j'ai une dernière chose à vous demander.

– Je… je suis fatiguée.

– Après, mon collègue et moi, nous partirons. C'est promis.

– Bon… d'accord.

– L'inspecteur Knox va vous montrer le portrait-robot de l'homme qui a agressé deux autres femmes, il y a deux ans.

– Non… je veux pas.

– Je sais que cela vous est pénible, mais nous en avons besoin, vous seule pouvez nous aider à l'arrêter. S'il vous plaît, Mo.

D'un revers, elle essuie ses joues, où le frottement de sa manche ravive ses contusions. Elle renifle à deux reprises, regarde George en un « O.K. » implicite. Il la remercie de la tête, sort de sa poche intérieure un papier. Il le déplie face à lui et le retourne. Maureen reste muette, mais ses yeux parlent pour elle.

15

14 août 1977

Lewisham, Londres (194 miles de Leeds).

Les ruines fument encore au lendemain du chaos qui a embrasé ce quartier « noir », tristement célèbre depuis l'opération 39PNH. Fort de son électorat d'ouvriers et de chômeurs, le National Front y a organisé une marche provocatrice, contrée par les antifascistes du Socialist Workers Party. La violence du conflit n'a épargné personne : activistes, riverains, commerçants et policiers qui, pour la première fois, ont dû user de boucliers anti-émeutes. Au final : deux cent quatorze arrestations et lynchage médiatique du S.W.P., autant critiqué que le N.F.

Parallèlement à cet épisode tragique et jusqu'à la fin septembre, George, Mark et même Orlando Caine associent leurs services respectifs. Au-delà des divergences et des pressions extérieures, leurs effectifs recherchent activement un individu blanc, aux cheveux bruns, barbu, âgé de trente à trente-cinq ans, mesurant au minimum un mètre quatre-vingts, chaussant du 41 et possédant une voiture rouge. À Manchester, bien sûr, mais aussi à Leeds et à Bradford.

304 policiers à temps plein.
175 000 personnes interrogées.
125 500 déclarations.
10 000 véhicules contrôlés…

… et 11 lacérations sur la poitrine de Janice Jordan, le 1er octobre vers 2 heures du matin, dans un terrain vague de Manchester.

16

10 octobre 1977

West Yorkshire Police Station, Wakefield.

– Mes respects à votre épouse, monsieur le ministre.

Sans répondre à Walter, Robert Armstrong s'installe à l'arrière de sa Daimler Majestic et ordonne au chauffeur de démarrer. La limousine quitte Wood Street, sous les flashes des journalistes. Ceux-ci se rabattent sur Walter, qui protège son visage de la main. Sourd aux questions, il regagne le bâtiment exceptionnellement pimpant. Ce n'est pas tous les jours qu'un ministre vient ici. C'était même la première fois, et Walter s'en serait bien passé. Petite visite, mais grande pression : l'échec du C.I.D. de Wakefield est celui du Home Office, donc d'Armstrong et – en définitive – du gouvernement. Un échec de plus pour les Travaillistes, un échec de trop.

Walter traverse le hall, où règne un silence de plomb. Les officiers présents cessent de chuchoter, baissant les yeux sur son passage. Le visage crispé, il se présente devant l'ascenseur et appuie sur le bouton. Attente d'autant plus pénible qu'il se sait épié. Les portes coulissent enfin, puis se referment sur sa solitude. Le trajet s'effectue dans une verticalité ronronnante durant laquelle le miroir lui renvoie son tourment.

Les portes le libèrent dans le couloir, où il croise un inspecteur. Walter l'ignore et traverse les bureaux du C.I.D., d'abord celui de George, puis le sien, et poursuit son trajet en direction d'une porte. À l'entrée, un jeune agent lennonisé par ses lunettes rondes. Walter, d'une voix sèche :

– Qu'on ne nous dérange pas.

– Bien, Mr Bellamy.

Il ouvre la porte, retrouve le nuage de tabac du R.I.O., le Ripper Investigation Office, créé sur ordre d'Armstrong et dirigé par Walter, réunissant les divers services en charge de l'affaire : George, Mark, l'inspecteur Caine, et leurs supérieurs respectifs (outre Walter, Trevor Hagman de Bradford et Arthur Rubin de Leeds). Sans oublier le chef du C.I.D. de Manchester, Stanley Powell. Un curieux personnage, partagé entre la fantaisie de son nœud papillon et son air triste, qui ne l'a pas quitté depuis la mort d'Elvis le 16 août dernier. Tous fumeurs, sauf George.

Walter referme derrière lui, puis contourne la table sous les regards. Il s'assoit entre George et Caine qui, depuis le départ du ministre, peuvent enfin s'ignorer. George, que son ami a décidé d'appeler « inspecteur Knox » pour éviter toute réflexion désobligeante. Walter saisit la cafetière et place sa main au-dessus pour tester sa tempér… refroidi. Dommage. Contrarié, il croise ses mains sur la table :

– Messieurs, je vous remercie d'être tous présents, malgré vos emplois du temps surchargés et les divergences de chacun. Je ne vous surprendrai pas en disant que le Home Office attend beaucoup du R.I.O.

– C'est ça, murmure Caine.

– Je propose un retour sur la sixième victime. (Et s'adressant au chef de Manchester :) À vous !

Powell coince sa pipe à la commissure droite de ses lèvres, délie la sangle de son dossier. Les autres font de même, George et Mark feuillettent le leur. Powell ravive le foyer de sa pipe :

– Il y a huit jours, dans un terrain de Moss Side, a été découvert le corps de Janice Jordan. Nue et allongée sur le ventre, si défigurée que nous n'avons pu l'identifier que plus tard, grâce à une empreinte trouvée sur une bouteille à son domicile.

– Eh bé…, soupire Hagman.

– Jordan était âgée de vingt et un ans, avait deux enfants et avait déjà été arrêtée trois fois pour racolage. Dans son sac figurait, outre une trousse de maquillage et des Woodbines, un billet de cinq livres caché dans la doublure.

– Même billet pour Maureen Ayers, ajoute George, celle qui a survécu et que le détective Burstyn a interrogée.

Ils passent aux rapports de l'autopsie, que Walter leur a lui-même photocopiés. Autour de la table, tous examinent les photos et les conclusions du légiste. Trois coups de marteau, onze lacérations au couteau. Powell tète sa pipe avec insistance. Épaisse, la fumée se mêle à celle des cigarettes :

– Vous noterez que cette fois-ci, il y a eu une tentative de décapitation post-mortem. Notre légiste l'a datée le lendemain de la mort…

– … ce qui signifie qu'*il* est revenu sur le lieu de *son* crime, poursuit Walter.

– Exact, c'est la première fois.

– Et c'est le signe qu'*il* évolue, qu'*il* y prend goût.

– Il faut exploiter la piste du billet, dit George, c'est notre seul lien avec le tueur.

– Pff ! intervient Caine, les passes sont souvent à cinq livres !

Mark se tourne vers cet énorme inspecteur, que George lui avait dépeint. Et non, il n'avait pas exagéré. Grâce à Caine, ces deux-là ont un autre point commun, en plus des victimes. Walter ouvre son paquet de Benson and Hedges, palpe ses poches en quête du briquet. Mark lui prête le sien en le faisant glisser sur la table, à la surprise générale. Walter l'intercepte et, sans le remercier, allume sa cigarette. Il met le briquet dans sa poche – « Ça t'apprendra, p'tit con ». Walter balaie la fumée de la main :

– L'objectif du R.I.O. est de centraliser l'enquête et clarifier ses axes, c'est pourquoi nous suivrons toutes les pistes. Vous pouvez poursuivre, inspecteur Knox.

– Je propose que nous envoyions ce billet à la Banque d'Angleterre, pour qu'elle identifie sa provenance. En attendant, continuons avec la piste du « barbu ».

– Le Home Office nous donne jusqu'à la fin du mois, ajoute Walter.

– Pour une fois qu'Il donne quelque chose…

– Caine, vous oubliez qu'Il a doté votre service et celui de Bradford d'un ordinateur chacun. Cela nous permettra de coordonner nos recherches…

« … et m'évitera des allers-retours entre Leeds, Bradford et le York Hospital », pense George. Un son attire son attention sur Powell qui, méthodiquement, cure sa pipe au-dessus du cendrier. George s'adresse à lui :

– Pour ma part, je doute que le tueur habite « chez vous ».

– Ayers a pourtant dit que son agresseur avait l'accent de Manchester.

– Les premiers crimes ont été commis à Leeds et mon intuition me dit qu'un tueur opère d'abord dans son environnement proche.

– Si chacun y va de son intuition ! grogne Caine, nous sommes sept !

– Justement. Nous ne serons pas de trop pour le « triangle ».

Leeds-Manchester-Bradford : jadis richissime cœur de l'Empire, aujourd'hui friche industrielle et terrain de chasse d'un tueur en série. Rubin, perplexe :

– Ce qui m'intrigue, c'est la tentative de décapitation.

– Le lendemain, *il* a peut-être eu une nouvelle pulsion qui *l'*a conduit à retourner sur les lieux. Inspecteur Knox ?

– Je n'y crois pas. Si cela avait été le cas, *il* aurait tué une autre femme : on ne soulage pas une pulsion dévorante en frappant un cadavre.

– Encore une intuition ? lui lance Caine.

– De la psychologie, vous devriez essayer. Bref, je pense qu'*il* est revenu pour récupérer le billet, sachant que nous pouvions y découvrir *ses* empreintes. Or, *il* ne l'a pas trouvé et ça a peut-être déclenché *sa* colère.

Walter tire sur sa cigarette, dubitatif. Il évacue la fumée en regardant Hagman tripoter son alliance, puis s'adresse à Caine :

– Et vous ?

– Je vais suivre le conseil du « professeur Knox » en m'essayant à la psychologie : un tueur aussi organisé ne choisit pas ses victimes au hasard. Je vais donc enquêter dans les orphelinats sur les mômes abandonnés par des putes il y a une trentaine d'années, soit l'âge qu'Ayers a attribué à son agresseur.

– Ça va nous changer de vos suspects homos et gitans, lui rétorque George.

– Allons, allons ! intervient Hagman, je propose de mon côté de diffuser les portraits dans les hôpitaux psychiatriques : ce tordu est forcément connu dans la région.

– Il y a une autre hypothèse, dit Mark.

– Allez-y.

– *Il* change de ville, de victimes et il se peut même, comme l'a suggéré l'inspecteur Knox, qu'*il* soit revenu sur les lieux pour récupérer le billet. Tout ça prouve qu'*il* s'efforce de brouiller les pistes, comme s'*il* connaissait nos axes d'enquête.

– Où voulez-vous en venir ? s'impatiente Walter.

– Avez-vous songé à l'éventualité qu'*il* soit de « la Maison » ?

Le lendemain matin, une nouvelle ligne téléphonique – le 3838 – est ajoutée au standard du West Yorkshire Police Station, en liaison directe avec le R.I.O.

Onze jours plus tard, un coursier livre une grande enveloppe kraft au R.I.O., adressée à l'attention de Walter. À l'intérieur, le rapport de la Banque d'Angleterre, qui a identifié le billet n° AW51 121565 comme faisant partie des sommes remises aux agences de

Bingley et de Shipley de la Midland Bank. Sur ordre de Walter, celles-ci sont sommées de répertorier au plus vite les individus susceptibles d'avoir reçu ce billet dans leur salaire. Quant à Mark, il s'est acheté un autre briquet.

17

25 décembre 1977

Domicile de George et Kathryn, Skeldergate, York.

Ça y est, il est arrivé. Après deux ans de solitude nécessaire, Peter Gabriel a enfin sorti son premier album solo. Sans titre et doté d'une pochette sobre, à cent lieues de l'extravagance de son ancien groupe Genesis, où il chantait déguisé en fleur et en renard androgyne. Leur dernier LP était un chef-d'œuvre et pourtant, sa réalisation a été douloureuse entre la médiatisation de l'« Archange Gabriel » et la santé de sa fille, qu'il allait voir à la maternité entre deux prises. Autant de raisons qui l'ont conduit à se séparer de ses amis musiciens. « Je ne veux pas devenir une rock star qui n'a plus comme raison d'être que de flatter son ego », avait-il déclaré à la presse. À l'époque, personne ne croyait à la résurrection de Genesis, ni à celle de son leader.

Depuis, le groupe a sorti deux disques avec son batteur Phil Collins devenu chanteur et Peter a réussi son retour. Son album est une perle comme en témoignent *Moribund the Burgmeister* avec sa rythmique inquiétante ; *Humdrum*, fausse ballade mais vrai tango sublimé par une flûte ; *Waiting For the Big One*, parodie de jazz où le narrateur sirote du vin en attendant la fin du monde ; *Down the Dolce Vita*, mélange de rock et de symphonique ; ainsi que sa folk song qui vient d'entrer dans le Top 20 :

« Climbing up the Solsbury Hill,
I could see the city light
Wind was blowing, time stood still
Eagle flew out of…

… the night », fredonne Kathryn, sourire aux lèvres. Elle a toujours aimé Peter Gabriel : son talent, son intégrité et son charme. Sa passion est montée d'un cran quand elle a appris que sa fille s'appelait Anna, comme la leur. Cet album, c'est George qui le lui a offert. Pour son retour. Pour sa victoire sur ce « fichu crabe ». S'il est heureux, Kathryn est encore trop surprise par la rémission de son cancer pour partager son bonheur. Évidemment soulagée, elle se sent encore en sursis. Quoi de plus normal, après plus d'un an de doutes et de chimio acharnée.

Pour l'instant, elle ne se réjouit que du disque et de ce parterre de fleurs violettes. George s'en est finalement occupé. Un autre cadeau pour leur premier Noël ensemble depuis deux ans, en compagnie de Walter et de son épouse. Emma et ses chapeaux, dont l'originalité ferait pâlir Queen Mum. Emma et son pudding, auquel elle s'est attelée depuis novembre. Emma, qui a pleuré quand Kathryn a ouvert la porte. D'épouses respectives, elles sont devenues amies inséparables, bien que très différentes. À la discrétion de l'une répond l'extravagance de l'autre, dans un duo toujours bavard.

Kathryn promène son regard à travers le salon scintillant : chandelles, guirlandes rouges et vertes, bouquets de gui, banderole « Merry Xmas »... il ne manque qu'un sapin, absent depuis Anna. Kathryn pense à elle, avant de détailler la table. Assiettes creuses, couverts en argent, nappe rouge, serviettes vertes, saumon d'Écosse et soupe aux huîtres. Affamé, Walter est aussi exceptionnellement décontracté avec sa chemise entrouverte. Un verre de sherry à la main, il raconte à Emma leurs souvenirs à l'école de police à George et lui. Notamment le jour où ils ont craché dans la gourde de leur instructeur. Kathryn croise les yeux bleus de George, assis dans son rocking-chair. Il cesse de se balancer et la fixe amoureusement. Une seconde les unit au-delà de leur couple d'amis, de Solsbury Hill, de l'Angleterre, du monde et de la planète...

... quand la joue de Kathryn réagit à une bise. Elle se tourne sur la droite et découvre Emma, qu'elle n'a pas vue venir jusqu'à elle.

– Encore ? s'étonne Kathryn.

– Celle-ci, c'est de la part d'Andy. Il n'est pas venu, car il passe la nuit avec ses amis dans une cave. Walter et moi, nous ne le reconnaissons plus, avec sa crête.

– Bah, il grandit.

– Tu viens, chérie ? intervient George.

– J'arrive dans cinq minutes, je vais surveiller la cuisson.

– Je t'accompagne, lui dit Emma.

Il les regarde entrer dans la cuisine. D'abord Emma, puis Kathryn. Si belle dans sa robe à smocks, avec ses cheveux qui repoussent déjà et... un « paf ! » fait sursauter George. Il se tourne vers Walter, tout sourire, un *cracker* [1] entre les mains.

– Je vous ai connu moins puéril, Monsieur le superintendant !

– Ne me parle pas boulot ! Et brandissant la bouteille : Je te ressers ?

– Allez !

– Je goûterais bien la soupe, moi ! dit Walter en remplissant leurs verres.

– Bientôt, le temps que Kat apporte la touche finale à « sa » dinde.

– J'ai hâte ! J'espère que cette année, on ne sera pas interrompus par une chorale de mômes. Si on trinquait à la fin de ce foutu Jubilé ? Non ! À Kathryn et toi !

Leurs verres s'entrechoquent dans une émotion dissimulée. George le regarde boire, et fait de même. Lassé par Peter Gabriel, il profite de l'absence de son épouse pour baisser le volume. Walter l'en remercie, puis lui met la main sur l'épaule :

– Tu sais… maintenant, je peux te le dire, j'ai eu peur pour Kathryn.

– Et moi donc.

– Pendant tout ce temps, je ne savais pas si je devais t'en parler ou attendre que tu…

– Tu as été parfait, comme toujours.

– Pas hier, en tout cas ! soupire Walter.

– La parade du N.F. ?

– Mmh, j'étais chargé de la sécu et tout allait bien jusqu'à l'arrivée des gars de l'Anti-Nazi League. Tu en penses quoi, de ce truc ?

---

1. Pétard dissimulé dans une papillote.

– Elle est la conséquence logique de ce qui s'est passé à Lewisham. C'est une bonne chose, mais on n'arrête pas les fachos avec des manifs.

– Avec quoi, alors ?

– Avec rien, malheureusement. Tout ce qu'on peut faire, c'est leur botter le cul.

George termine son sherry. De la cuisine, leur parvient le réveillon de BBC Radio 1. Et surtout, l'odeur de la dinde aux marrons et sa sauce aux airelles. À moins qu'il ne s'agisse de la macédoine de légumes, avec des oignons. George aime ça, les oignons. Bien plus que Kathryn. Durant son hospitalisation, il en a mis dans tous ses plats. Quand il avait de l'appétit. Walter avale une gorgée :

– Tu penses vraiment qu'on doit répondre à la violence par la violence ?

– Il y en a marre de baisser son froc, sous prétexte de liberté d'expression. C'est comme « L'Éventreur », un tel salaud ne mérite pas d'être simplement arrêté !

– Mmh. Au fait, j'ai enfin les noms des gars qui ont peut-être reçu le billet. Ils sont 5 493, rien que ça. Du coup, on a une réunion au R.I.O., après-demain.

– Pourquoi pas demain ?

– Parce que demain, c'est *Boxing Day*.

– Et tu crois que c'est férié, pour « L'Éventreur » ?

– Essaye de mobiliser 3 000 gars le lendemain de Noël, tu verras.

– Tu veux en envoyer autant que ça ?

– C'est grand, Manchester.

– Et Leeds, alors ? Et Bradford ?

Au même moment, Emma réapparaît dans le salon et, les mains sur les hanches, s'exclame :

– Vous êtes incroyables ! On vous laisse deux minutes et vous parlez boulot !

– C'est lui qui a commencé ! s'exclame Walter.

George simule une culpabilité qui fait rire son ami, mais pas Emma. Elle leur fait les gros yeux, lorsque Kathryn sort de la cuisine. Son air grave inquiète George :

– Chérie, qu'y a-t-il ?

– La BBC vient d'annoncer la mort de Chaplin.

18

27 janvier 1978

Great Northern Street, Huddersfield (20 miles de Leeds).

Réputée être le plus vieux métier du monde, la prostitution a toujours été synonyme de peurs. Un pluriel subi au quotidien : la peur d'être agressée, volée, violée, arrêtée et tuée. Permanente, cette angoisse est devenue obsessionnelle depuis que sévit « L'Éventreur ». De Leeds à Bradford en passant par Manchester, « les filles » du Nord se sont donc organisées : certaines ne consacrent qu'un temps imparti à chaque client, d'autres opèrent en duo ou notent les plaques d'immatriculation.

Les jumelles Helen et Rita Hicks font tout ça à la fois et ce, malgré leurs dix-huit ans. Une enfance que l'on croirait écrite par Dickens, mais malheureusement bien réelle : natives de Shipley, elles ont été abandonnées à leur naissance et ont grandi dans cette prison pour fillettes qu'est le St Ann's Orphanage. Victimes du père Tom, elles ont profité d'une promenade pour échapper à sa vigilance et fuir vers Bradford, puis Halifax. De menus larcins en emplois précaires, elles sont devenues adultes par défaut et, pour survivre, se prostituent depuis maintenant deux ans à Huddersfield. Uniquement en voiture. Vingt minutes par client. Et après, rencard devant les chiottes à l'angle de la rue. Helen sort d'un van, dont elle claque la portière :

– SALAUD ! J'T'AVAIS DIT DE M'PRÉVENIR !

– 'PAS UNE RAISON POUR TOUT M'RECRACHER D'SSUS ! crie le client.

Il redémarre son van, hué par d'autres prostituées. Helen le regarde s'éloigner, avant que les flocons de neige ne voilent sa vision. « Une chance qu'il ait payé d'avance », se dit-elle en s'essuyant les lèvres sur sa manche. Elle fouille son sac à main, en sort sa gourde de bière et boit deux gorgées. La première pour se rincer la bouche, la seconde pour se désaltérer. Elle range sa gourde, boutonne son manteau jusqu'au col et marche, les mains dans les poches. Elle croise Sandy, la doyenne du quartier. Grosse et moche, elle a dû accepter la sodomie pour rester dans la course.

– Encore un précoce ?

– Ouais, peste Helen, j'en ai marre de m'coltiner des puceaux !

À la vue d'un passant, Sandy lui ouvre son manteau malgré l'hiver. De son côté, Helen dépasse quelques « filles », qui discutent en frictionnant leurs mains. Dans une rue, trois autres défigurent à coups de pieds l'une de ces miséreuses en provenance du Pakistan, « mauvaises pour la profession ».

Choquée, Helen se garde pourtant d'intervenir dans cette scène à laquelle elle ne pourrait rien changer. Elle baisse la tête et arpente Great Northern Street, enneigée. Ses pas résonnent dans la nuit jusqu'aux toilettes. En l'absence de Rita, elle consulte sa montre.

3 h 16, soit quatre minutes d'avance. Elle ouvre son paquet de Marlboro et, de ses doigts gelés, en sort une cigarette. À peine l'a-t-elle allumée qu'une Ford Corsair rouge s'arrête devant elle.

Ce n'est que trois jours plus tard que Rita se décide, au risque d'être arrêtée pour racolage, à signaler la disparition de sa sœur.

19

Février 1978

Huddersfield, Wakefield, Manchester, Bradford.

4 février : un vagabond découvre le cadavre d'Helen Hicks dans un entrepôt de bois, près du viaduc de Huddersfield.

5 février : l'autopsie fait état de six coups de marteau sur le lobe occipital, trois larges plaies sur la poitrine et cinq griffures sur l'abdomen.

7 février : Walter réunit les membres du R.I.O. auquel se rallie l'inspecteur Seymour Davidson de Huddersfield. Durant deux heures, tous évoquent la septième victime de « L'Éventreur » entre récurrences du mode opératoire (réutilisation du marteau) et variantes (nouvelle ville, soutien-gorge remonté au-dessus des seins, culotte clouée sur la porte de l'entrepôt) pour définir l'orientation de l'enquête.

8 février : George poursuit ses recherches à Leeds et laisse à Powell la piste de Manchester, selon lui infondée. Alors que Mark et les siens se démènent à Bradford, Caine (toujours sur la piste des orphelinats) enquête dans le St Ann's Orphanage, où a grandi Helen Hicks. Parallèlement, Rubin se charge de la publication et de l'affichage du portrait-robot du « barbu » à Huddersfield.

11 février : sur ordre de Davidson, la police de Huddersfield interpelle trois propriétaires de voitures rouges.

12 février : ceux-ci sont libérés après vérification de leurs alibis et, à présent, les soupçons se portent sur un barbu de trente-quatre ans résidant à Bradford.

14 février : au terme d'une nuit d'interrogatoire, l'homme est à son tour libéré, à la déception de Walter et à la colère d'Armstrong.

16 février : malgré l'échec des recherches à Manchester, Walter y envoie 5 000 de ses effectifs pour réinterroger les 5 493 individus susceptibles d'avoir reçu le billet.

25 février : Walter réunit à nouveau le R.I.O. pour un bilan sur Manchester (hôpitaux, orphelinats, clients de prostituées, etc.) et conclut à l'absence de suspects.

26 février : George, Mark, Caine, Powell et Davidson reprennent leurs recherches à Leeds, Bradford, Manchester et Huddersfield.

27 février : en fin de journée, un quidam aperçoit un bras sous un canapé retourné, dans un terrain vague de Bradford.

20

28 février 1978

Bureau de Seymour Davidson, Huddersfield, 10 h 42.

Au premier abord, l'inspecteur Davidson apparaît le mieux loti de tous les membres du R.I.O. : plus jeune que Walter, plus sociable que George, plus gradé que Mark, plus fringant que Caine, plus humble que Powell, plus expérimenté que Rubin et Hagman réunis. À quarante-trois ans, il conserve encore ses cheveux bruns et bénéficie d'un visage rond, agréable, qui lui donne une « tête d'ami ». Quant à sa silhouette athlétique, il a su la mettre en valeur avec sa veste en cuir et son Levi's. Un « beau et bon flic », pourtant critiqué par ses hommes.

En effet, beaucoup le dépeignent comme trop lunaire pour diriger un C.I.D. Plus virulents, d'autres disent qu'il est tellement con que le peu qu'il sait faire, il le fait mal. Davidson sait tout ça, mais il s'en fout : il n'est pas con, ni tête en l'air, juste alcoolique. Et il a parfois du mal à penser, c'est tout. D'ailleurs, ça l'arrange. Ça lui permet d'oublier un peu sa stérilité et cet enfant que lui et sa femme n'auront jamais.

Enfermé à double tour, il s'enfonce dans sa chaise à roulettes et, de la main droite, déverrouille le troisième tiroir de son bureau. À l'intérieur, son whisky bon marché et son paquet de chewing-gums hypermentholés. Il sort sa bouteille, dont il dévisse le bouchon d'une main impatiente. Lentement, son verre s'emplit de poison doré. Gorgées essentielles, à défaut d'être aussi savoureuses que celles d'un Talisker de dix ans d'âge. Il se ressert un verre, quand retentit son téléphone. Il troque la bouteille pour le combiné :

– Davidson !

– Bonjour, détective Burstyn. Je vous dérange ?

– Non. Qu'y a-t-il ?

– Une huitième, « chez moi ».

– Oh, non…, puis en revissant le bouchon, vous êtes sûr que… ?

– À première vue, c'est *lui*. J'attends les résultats de l'autopsie dans l'heure.

– Quelle merde…

– Comme vous dites. Du coup, je voulais vous prévenir que les recherches seront de nouveau axées sur « ma » ville.

– OK. Vous… vous voulez que je téléphone à Bellamy ?

– Merci, mais je vais le faire. Bon… à bientôt.

– Ben, oui.

Ripper Investigation Office, Wakefield.
11 h 18.
Biiiip… biiiip… biiiip…

– « Bonjour, vous êtes bien au 3838, la ligne du R.I.O. Si vous avez des éléments susceptibles d'aider les autorités, ne quittez pas, un standardiste va vous répondre. Bonjour, vous êtes bien au 3838, la ligne du… » allô, oui ?

– Bonjour, détective Burstyn. Puis-je parler au superintendant Bellamy ?

– Il est en conférence de presse. Voulez-vous que je lui transmette un message ?

– Oui… heu… non ! L'inspecteur Knox est-il là ?

– Je vous transfère à son bureau.

– Merci.

Tûûût… tûûût…

– Knox !

– Bonjour, c'est Mark.

– J'allais vous appeler, je suis au courant. Le *Star* a été plus rapide que vous.

– Merde, c'est pas vrai ! Que savez-vous ?

– Yvonne Parsons, vingt-deux ans, pute de luxe, un coup de marteau à pannes rondes – cette fois –, gorge tranchée et poitrine lacérée à douze reprises.

– Et ce n'est pas tout, elle était morte depuis un moment. Le gars qui l'a trouvée n'a pas pu s'en approcher, car « l'odeur lui piquait les yeux ». Rob dit que sa mort remonte à plus d'un mois.

– Ça signifie donc qu'elle a été tuée avant Helen Hicks.

– Dix jours avant, selon Rob. Or, sur la scène de crime, on a trouvé un exemplaire du *Mirror* daté de cinq jours. Il est donc revenu sur les lieux.

– C'est la deuxième fois… bon, je vous retrouve dans une heure à la morgue.

– Moi, j'ai déjà donné ! Je vais dire à Rob que vous passerez, il vous filera son rapport. En attendant, je vais me faire un ciné pour me changer les idées.

– Vous allez voir quoi ?

– *Midnight Express*, on m'a dit que c'était bien. Retrouvez-moi à la sortie du Royal Cinema, sur Market Street. Le film finit à 14 heures.

14 h 03.

À l'intérieur de sa Rover, George feuillette le rapport d'autopsie. Caché dans une ruelle. Dès son arrivée, une horde de journalistes l'a harcelé de questions pas franchement nouvelles, mais franchement irritantes : absence de pistes, incompétence du R.I.O. et doutes sur sa capacité à mener l'enquête. Dans ses Ray Ban, se reflètent les photos d'Yvonne Parsons. Allongée sur le dos, les bras en croix.

L'horreur des clichés est telle qu'ils semblent suinter entre ses mains. George a envie de les essuyer, bien qu'il sache que tout ça est psychologique. Idem pour l'odeur du cadavre qui, depuis la morgue, lui colle à la peau. À l'instar des autres victimes, depuis deux ans.

À l'approche d'un couple, il dissimule son visage derrière le rapport. Confronté aux termes « décomposition », « terrain vague », « vieux canapé », « crin dans la bouche ». Le couple parti, il referme enfin le macabre rapport et consulte sa montre. Impatient, il pianote sur le volant en observant Market Street avec ses commerces, ses passants qui ignorent les mendiants et son Royal Cinema.

Avec sa façade délabrée et ses néons pendants, le lieu n'a de royal que sa programmation : *Midnight Express*,

Frenzy, *La Nuit des généraux* et *L'Étrangleur de Boston*. Ces trois derniers – axés sur des tueurs de femmes – ont été reprogrammés pour exploiter la terreur qui s'est emparée de la région. Chez les bouffeurs de grenouilles, on a coutume de dire que le crime ne paie pas. Ici, il rapporte gros, à « L'Éventreur » et aux marchands de peur.

Un spectateur sort, puis deux autres, et enfin une trentaine. Certains paraissent choqués et d'autres troublés, à l'image de Mark. Un klaxon attire son attention sur une ruelle où il reconnaît la Rover. Il se dirige vers George, qui le découvre vêtu comme au premier jour… et ému. Une variante chez ce Mod jusqu'ici immuable, véritable anomalie dans un pays en mutation. George lui ouvre la portière :

– Faites vite, je n'ai pas envie qu'on me reconnaisse.

– Si ça ne vous fait rien, je préfère rester dehors.

– Et moi, à l'abri des regards.

– Alors, restez à l'intérieur. Je m'en fume une et je vous rejoins.

George fronce ses sourcils broussailleux. Il referme la portière, s'assoit sur le siège passager, baisse la vitre :

– Ça n'a pas l'air d'aller.

– C'est le film… ouh ! Je voulais me changer les idées, mais j'aurais mieux fait de m'abstenir. En plus, il paraît que c'est une histoire vraie. Quatre ans de prison et de tortures pour avoir planqué du cannabis, c'est dingue !

– J'avais rendez-vous avec un flic, pas un critique de cinéma.

Mark lève les yeux au ciel, où se profile encore de la neige. Il allume une Dunhill et s'adosse contre la portière arrière droite :

– Alors ?

– Vous aviez raison, pour l'odeur… À part ça, c'est la première fois que les vêtements sont éparpillés. Il pourrait s'agir d'un admirateur.

– Ou d'un flic, j'en suis de plus en plus convaincu.

– Je sais et ça déplaît à Walter.

– Vous appelez votre chef par son prénom, à présent ?

– On se connaît depuis longtemps, mais on voulait éviter les allusions de Caine.

Mark commente d'un rictus. Il tire sur sa cigarette, qu'il tapote de l'index pour faire chuter la cendre :

– Enfin… flic ou pas, le tueur se fout bien de nous. La culotte clouée et les fringues éparpillées prouvent que, désormais, *il* esthétise ses crimes.

– Mmh, ça dégénère : ce salaud évolue, *il* peaufine, *il* revient sur les lieux…

– Sans compter le *Mirror*, qu'*il* serait venu placer sous le corps.

– Justement, en parlant de ça, il y a autre chose.

Il regagne son siège. Dernière taffe et Mark le rejoint dans la Rover, dont il claque la portière. George lui ouvre sa boîte à gants. Perplexe, Mark y trouve une carte routière, un sandwich, une enveloppe ouverte et la photocopie d'une lettre manuscrite.

– « Cher Mr Vaughn… », lit-il à voix haute, c'est qui ?

– Le boss du *Mirror*, à Manchester.

Mark hoche la tête et poursuit sa lecture. Ses sourcils s'arquent dans une surprise qui écarquille ses yeux :

– Non ! C'est pas vrai ! *Il*…

– *Il* lui a écrit et à moi aussi, soupire George.

– QUOI ?

– J'ai reçu la lettre après votre appel.
– Et qu'est-ce que vous attendiez pour me le dire ?
– On est à Bradford, la ville où on prend son temps.
– Inspecteur, ça n'a rien de drôle !
– Je sais, je vous rappelle que c'est à moi qu'*il* a écrit.

Mark passe de la photocopie à l'enveloppe. « Postée de Sunderland », se dit-il, « à l'attention de Mr Knox – URGENT ! » Il la retourne et, bien qu'il s'y attende, est déçu de ne pas trouver l'adresse de l'expéditeur. Il sort la lettre, où il reconnaît l'écriture de celle adressée à Vaughn. Il la déplie et, le cœur battant, se décide à lire :

Cher George,

La presse me traite de fou, mais pas toi, qui dis que je suis intelligent parce que tu sais qui je suis. Toi et tes gars, vous pataugez, ce portrait-robot dans les journaux, ça m'a bien fait marrer. J'ai beaucoup de choses à faire, tu sais. Ce que je veux, c'est débarrasser les rues de toutes ces salopes. J'ai quand même un petit regret, c'est Jayne, je savais pas que c'était pas une pute. Maintenant, ça fait huit, mais il y a une surprise, ailleurs. Je bouge, tu sais. Et je suis partout,

Affectueusement,

Jack L'Éventreur.

Oppressé, Mark s'enfonce dans le siège. Coupé du monde qui, à travers le pare-brise, continue. Là-bas, une vingtaine de personnes s'agglutinent devant le cinéma. « Ah, oui… *Midnight* », se souvient-il, avant de replier la lettre :

– Je n'en reviens toujours pas… *il* vous a écrit !

– Et encore, sa lettre au *Mirror* est bien plus inquiétante. Il y évoque toutes ses victimes et en annonce d'autres, dans tout le pays.

– J'ai vu. Postée de Sunderland, elle aussi ?

– Oui. Encore une ville, mais éloignée des autres [1]. Réunion demain, à 8 heures, avec les autres et Vaughn.

– Il va la publier, sa lettre ?

– Walter le souhaite, mais je m'y oppose. Les détails des crimes, « Jack l'Éventreur »… tout ça ne ferait qu'affoler davantage l'opinion et exciter encore plus la presse.

George démarre sa Rover, dont le vrombissement fait chuter l'enveloppe aux pieds de son collègue. Il la ramasse, la remet dans la boîte à gants, manœuvre le volant d'une main, sort de la ruelle. Il laisse passer un bus scolaire, puis Mark lui demande :

– Vous me raccompagnez au poste ?

– Oui.

– Merci. Selon vous, c'est quoi *sa* surprise ? Une victime à Sunderland ?

– Dans ma lettre, *il* a précisé « ailleurs ». Ça et Sunderland, ça nous éloigne du « triangle », comme s'*il* cherchait à nous embrouiller.

– Vous pensez toujours qu'*il* est de Leeds ou d'ici ?

---

1. Ville balnéaire du Nord-Est à environ deux heures de route de Leeds, de Bradford, de Manchester et de Huddersfield.

– C'est à Leeds qu'*il* a commencé. Plus *son* ego s'affirme et plus *il* étend *son* terrain de chasse, comme une spirale. Je suis fatigué… ça fait deux ans qu'on fait chou blanc, je commence vraiment à en avoir marre.

– Moi aussi, soupire Mark.

Le lendemain, deux nouveaux axes d'investigation se dégagent de la réunion du R.I.O. Davidson, Caine et Powell envoient leurs équipes dans tous les magasins de bricolage du Yorkshire, pour interroger les vendeurs et leur montrer le portrait-robot. Quant aux effectifs de George et Mark, ils sont dépêchés dans les bibliothèques pour identifier les individus ayant emprunté des livres sur Jack l'Éventreur. Ces deux pistes s'ajoutent à celle des hôpitaux psychiatriques, exploitée par Rubin.

Agitation réelle, mais insuffisante pour la communauté féminine, qui manifeste à Leeds et à Bradford en réclamant le rétablissement de la peine de mort.

21

Début mars 1978

Tel un couperet, le résultat des élections locales a donné une avance de 2 % aux Conservateurs sur les Travaillistes, fragilisant davantage le gouvernement. Renforcé par la crise politique, le N.F. a annoncé qu'il présenterait l'année prochaine trois cents candidats aux législatives, ce qui lui offrirait une publicité gratuite à la télévision. Riposte immédiate de l'Anti-Nazi League, dont les défilés embrasent le pays.

C'est dans ce contexte extrêmement tendu que le 5 mars, le corps de Vera Billboard – quarante et un ans – est découvert dans le parc de l'hôpital de Manchester. Le jour même, le ministre Armstrong se rend à Wakefield pour superviser la nouvelle réunion du R.I.O. Trois heures de dialogue, quatre décisions majeures : publication des lettres dans tous les journaux de la région, stands de sensibilisation dans les rues, doublement des effectifs de police et mobilisation de cent officiers de Scotland Yard.

Le lendemain, après s'être concerté avec le Premier ministre, Armstrong affirme lui-même sur la BBC qu'une récompense de 15 000 livres sera remise à tout individu susceptible de connaître « L'Éventreur ».

Saturation du standard du R.I.O.
Dénonciations abusives.
Interpellations en masse.
Interrogatoires en série à Wakefield…

– AÏE ! VOUS M'FAITES MAL !

– Alors, réponds ! s'acharne George, t'étais un client de McCrane ou pas ?

… Bradford…

– On y passe la nuit ou vous vous décidez à parler ? demande Mark.

– Mais j'ai rien à dire !

… Leeds…

– LÂCHEZ-MOI, AVEC CE PUTAIN D'MARTEAU !

– Réponds ! dit Caine, répond ou je dis à ta femme que la nuit, tu te fais enculer !

… Huddersfield…

– Ouais ! Ma pointure, c'est 41, et alors ?

– Et alors hier, vous disiez chausser du 39, répond Davidson.

… et Manchester :

– Que faisiez-vous à Moss Side ? demande Powell en allumant le foyer de sa pipe.

– J'vous l'ai dit, j'cherchais un tabac !

– Alors qu'il y en a dans ton quartier ? Je crois plutôt que tu cherchais des « filles ».

– Non ! conteste le suspect, c'est pas vrai !

– Mais si.

– Non, j'vous dis ! Les « p'tites filles », ouais, mais pas les autres !

À ces mots, Powell s'étouffe avec la fumée. En retrait, les inspecteurs Levin et Feldman échangent un regard choqué. Leur supérieur s'époumone, tape deux fois contre son torse, puis revient à la charge :

– Comment ?

– Heu... j'ai rien dit.

– Si, tu as parlé des « petites filles ». Pourquoi ?

– Mais pour rien !

– Ça t'excite, les fillettes ?

– J'ai dit ça « comme ça », c'est tout !

– Ça t'excite ? RÉPONDS !

– MAIS LAISSEZ-MOI ! puis en quittant sa chaise, J'VEUX SORTIR !

Powell le rassoit de force. L'homme se débat – « LÂCHEZ-MOI ! » – quand l'inspecteur Levin le menotte à la chaise. Derrière, l'autre le maintient par les épaules. Powell avale une bouffée de tabac et s'assoit sur la table, face au forcené :

– Oh ! On se calme ! Réponds à ma question et après, tu pourras sortir.

– Pff, c'est ça ! On les connaît, les flics !

– On n'a rien contre toi, on ne peut pas te retenir. Alors, ça te branche, les petites ?

– Mmh, grogne l'homme en trépignant sur la chaise.

– Qu'est-ce qui t'excite, chez elles ? Leurs petits culs, c'est ça ?

– Non.

– T'es sûr ?

– Ouais… enfin, pas seulement… c'est surtout leurs chattes.

Les trois officiers blêmissent instantanément. L'homme poursuit – « Ouais, leurs chattes sans poils… toutes roses… puis, ça sent bon » – dans un sourire baveux. Fou de rage, Feldman brandit son poing, que Powell intercepte :

– Non ! Cognez-le et son avocat le fait sortir dans une heure !

– Mais…

– Coffrez-moi « ça », dit-il avant de libérer le poing de Feldman.

Le policier se ressaisit, son collègue lui tapote l'épaule. Déboussolé, Powell quitte la pièce et referme lentement la porte. Feldman le rejoint dans le couloir :

– Putain de merde !

– Mmh, dit Powell en ravivant sa pipe, il va falloir rouvrir le dossier de la petite Rita.

– J'en reviens pas… encore un ! C'est le troisième depuis…

– Je sais, et pendant ce temps, « L'Éventreur » court toujours.

22

19 mars 1978

Radio Leeds.

– … c'était *You Should Be Dancing*, rien que pour vous, chers amis ! N'en déplaise à ses détracteurs, le disco n'est pas prêt de disparaître ! Et tout de suite, un nouvel auditeur qui se prénomme Marty !

– Salut, John !

– Salut Marty ! On t'écoute !

– Ben, d'abord, je voudrais dire que ton émission, elle est vraiment terrible !

– Merci, mais c'est la tienne et celle de tous les *Loiners*.

– J'voulais dire que j'en ai marre qu'on plaint le gouvernement genre « il s'en prend plein la tronche, tout ça » ! Faut pas oublier que s'il est dans la merde, c'est de la faute de Callaghan ! Qu'il plante son parti, je m'en fous, mais le pays avec, non !

– Bien dit ! Autre chose ?

– Non. Ah, si ! J'vends ma Plymouth Fury, elle est bleue et date de 1959.

– Tu n'auras qu'à laisser tes coordonnées au standard. Merci pour ton appel, Marty, et bon après-midi. Auditeur suivant ?

– …
– Auditeur suivant !
– …
– Vous m’entendez ?
– …
Clac !

23

Un an après, 22 mars 1979

Agence locale du *Daily Mirror*, Manchester.

Ce matin, comme tous les jours, la rédaction du quotidien le plus vendu du pays est en émoi. Brouhaha mêlé de sonneries téléphoniques, de cliquetis de machines à écrire et d'infos criées d'un bureau à l'autre. Un chaos à l'image d'une société ébranlée par un million et demi de chômeurs, d'interminables grèves de mineurs et d'ouvriers, des émeutes raciales, ainsi que des attentats perpétrés par l'I.R.A. Bref, une Angleterre loin, bien loin de ses sixties euphoriques et de son Swinging London.

Pigistes, correspondants et chroniqueurs s'agitent dans une cohue qui rythme la plate-forme jusqu'à la salle de réunion. Derrière la porte, des murs beiges, un nuage gris de tabac, une cafetière noire, des tasses bleues et une table ovale blanche, où sont réunis les sept chefs de service. Silencieux, tous observent l'homme assis en bout de table, qu'ils surnomment en secret « Darth Vader ». De cette icône du Mal, le directeur du *Mirror* n'a en fait que les initiales, puisqu'il s'appelle Dennis Vaughn.

Qu'il pleuve, qu'il vente ou qu'il « choc pétrolier », celui-ci est toujours affublé de bretelles, qui soutiennent son éternel pantalon en velours châtaigne. Vaughn, c'est cinquante-huit ans d'une existence vouée à l'objectivité journalistique… dont il se réclame autant que du parti travailliste. Son surnom, il le doit à son caractère, qui fait la terreur de la rédaction.

C'est pourquoi tous redoutent son avis sur la maquette de demain ; 70 % de la trame originelle en attendant les 30 % hypothétiques de scoops. De l'index droit, il réajuste ses lunettes, puis s'adresse au chef du service politique :

– Lewis, je trouve votre article sur Thatcher un peu trop complaisant.

– Monsieur, ce n'est pas moi qui l'ai rédigé, mais…

– … « Alistair Widward », lequel semble faire l'éloge de cette pute de Margaret.

– Il a simplement insisté sur son ambition, qui pourrait lui permettre de devenir notre prochain Premier ministre.

– Une femme ? s'esclaffe l'économiste en chef. À la tête du pays ?

– Ne riez pas, Sanders. Au regard des derniers sondages, c'est une éventualité fort probable… qui semble réjouir Lewis.

– Bien sûr que non ! se défend l'intéressé.

– Tant mieux, car si vous bandez pour les Conservateurs, allez bosser au *Sun* !

Les autres échangent un regard, cette allusion n'étant pas anodine. Vaughn n'a jamais digéré que leur concurrent ait volé à Shakespeare son « Winter of discontent » pour évoquer la récente période de grèves. Un article politique doublé d'une référence à *Richard III*, il fallait y penser. Cette idée, Vaughn aurait aimé l'avoir, si elle n'avait pas été antitravailliste. L'un de ses collaborateurs dissimule un sourire dans sa paume. Du moins, il croit le faire, car Vaughn l'apostrophe :

– Cessez de vous gausser, Greenway. Votre sujet sur le National Front est également à revoir, pour éviter que ses skins nous accusent de diffamation.

– Je n'ai fait qu'évoquer ses lynchages dans les quartiers noirs et…

– … ses candidats aux prochaines législatives. Le problème, c'est votre phrase sur « l'essor menaçant de l'extrême droite, cancer des valeurs britanniques ».

– Je vous rappelle qu'à Londres, Il a tout de même eu plus de cent mille voix.

– Je n'ai pas oublié, comme je n'ai pas oublié que Thatcher a dit qu'elle comprenait la peur du peuple d'être « envahi par une culture étrangère ».

Lewis baisse les yeux, préférant se concentrer sur sa tasse de café. Ce que Vaughn se garde d'ajouter, c'est que le *Mirror* a titré il y a trois ans : « Nouvelle vague d'Asiatiques en Grande-Bretagne ». Une gaffe selon lui et une énième stigmatisation pour les étrangers, rejetés par un pays gangrené par le racisme. Au même moment, un « Toc ! Toc ! Toc ! » interrompt la réunion. Vaughn, déjà exaspéré :

– QUOI ?

– C'est Linda, monsieur ! entend-il derrière la porte, il y a du courrier pour vous !

– Eh bien, laissez-le sur mon bureau !

– C'est que…

Il se lève brusquement pour aller ouvrir. Linda sursaute, lâchant toutes les enveloppes. Elle les ramasse – « Désolée, monsieur » – aux pieds de Vaughn. Ses collaborateurs ricanent, jouissant de cette pause bienvenue. Certains se resservent un café ou allument une cigarette, d'autres font les deux.

L'ouverture de la porte aère la pièce, où parvient le vacarme des bureaux. Là-bas, fusent « *Manchester United* » et « corruption ». Peut-être vrai. Plus loin, deux journalistes évoquent les urgentistes du Swan Hospital, qui trieraient les patients. Sûrement vrai dans un pays où, depuis plusieurs mois, les cadavres s'entassent dans les morgues. Vaughn le sait de source sûre, mais a reçu l'ordre d'« en haut » de ne rien divulguer sous peine de poursuites.

– C'EST QUE QUOI ? s'impatiente-t-il.

– Il… il est précisé « urgent » sur l'une des enveloppes, monsieur.

Vaughn les lui arrache des mains et, une à une, les parcourt avec empressement. Trois convocations au tribunal, deux invitations (l'une à un concert de charité au Royal Albert Hall, l'autre à l'avant-première du prochain James Bond « toujours-interprété-par-cette-endive-de-Roger-Moore-qu'arrive-pas-à-la-cheville-de-Sean-Connery ») ainsi qu'une enveloppe blanche, libellée « à l'attention de Mr Vaughn – URGENT ! » et postée de Sunderland. Observée par les chefs de service, Linda leur adresse un salut timide auquel ils ne répondent pas.

Vaughn retourne l'enveloppe – sans nom ni adresse de l'émetteur – et la conserve. Il rend les autres à Linda et, sans la remercier, lui claque la porte au nez. Redevenue sérieuse, l'équipe le regarde se rasseoir. Vaughn ouvre l'enveloppe et, dépliant la lettre, dit à Greenway :

– Bref, je compte sur vous pour remanier cet article dans l'heure. Quant à vous, Sanders…, dit-il en lisant.

– Oui, monsieur ?

Vaughn ne répond pas, concentré sur le papier. À travers ses lunettes, ses yeux s'écarquillent en une stupeur grandissante, puis une inquiétude qui n'échappe à personne. Tous le regardent avec un même étonnement. Greenway veut prendre la parole, Lewis le devance :

– Un problème, monsieur ?

Il reste muet, hypnotisé par la lettre qu'il serre entre ses mains. Visiblement éprouvé, il masse son front plissé d'angoisse. À l'issue de sa lecture, il remet le courrier dans l'enveloppe. Lewis insiste :

– Monsieur ?

– La… la réunion est ajournée, déclare Vaughn d'une voix éteinte.

Il quitte sa chaise – lentement, cette fois – et rouvre la porte, l'enveloppe à la main. D'un pas pressé, il traverse la plate-forme de bureaux, indifférent au stress journalistique. Sur son chemin, un jeune dessinateur lui présente des illustrations sans parvenir à capter son attention. Au fil des pas, l'angoisse de Vaughn se mue en panique, que le trajet en ascenseur rend insupportable. Arrivé au dernier étage, il arpente le couloir désert jusqu'à son bureau, à l'entrée duquel se trouve sa secrétaire :

– Ah ! Monsieur, votre rendez-vous avec…

– Appelez-moi la police de Wakefield ! Et qu'on ne me dérange pas !

Elle décroche le combiné, le regardant entrer dans son bureau. Il claque la porte, s'assoit lourdement dans son fauteuil et desserre sa cravate. Son téléphone retentit, faisant vibrer son pot à stylos. Il décroche, retrouvant la voix de sa secrétaire :

– Je vous passe la communication, monsieur.

– Oui, allez !

Vaughn patiente le temps du transfert trois secondes, au terme desquelles lui parvient une voix masculine :

– West Yorkshire Police Station, à votre service !

– Bonjour. Dennis Vaughn, directeur du *Mirror* à Manchester. Je voudrais parler au superintendant Walter Bellamy.

– Je vais voir s'il est là.

Attente. Encore. Pénible. Il ouvre le dernier tiroir de son bureau aménagé en mini-bar, dont il sort sa bouteille de Rémy Martin. Il dévisse le bouchon et se sert un verre de cognac, quand intervient une autre voix, bien plus grave :

– Bellamy, j'écoute !

– Bonjour, je suis…

– Je sais. J'ai peu de temps, alors faites vite. Que puis-je pour vous ?

– Je… hum… j'ai reçu une lettre signée « Jack l'Éventreur ».

– Idem.

– Alors, ça y est… ça reprend.

– Non, ça continue.

– Onze mois sans crimes et… pff, c'est la deuxième fois qu'*il* m'envoie une lettre.

– Et qu'*il* écrit à l'un de mes inspecteurs. Je vais comparer l'écriture avec celle de l'année dernière. D'ici là, je compte sur vous pour ne rien publier.

– Je n'en ai parlé à personne, dit Vaughn, et le R.I.O. dans tout ça ?

– Officiellement, il existe toujours, mais comme les crimes avaient cessé… notre dernière réunion remonte à octobre. Je compte contacter Caine et les autres, mais j'attends d'abord les directives d'Armstrong.

– Et si les lettres sont bien de *lui*, qu'allez-vous faire ?

– Je ne sais pas encore, je suis un peu…

– Moi aussi.

24

Le lendemain

Millgarth Police Station, Leeds.

... du sous-marin *HMS Victory*. Grincements effroyables, comme filtrés entre les dents d'une bouche d'acier qui ne demande qu'à s'ouvrir. Obsédantes, les vibrations se répercutent dans toute la pièce, aussi exiguë qu'un compartiment de train. Une étroitesse d'autant plus oppressante que les survivants la partagent avec les dix énormes torpilles. Sous les yeux du capitaine Knox, tous échangent des regards angoissés : cinq matelots, trois machinistes, le cuisinier, un lieutenant vêtu d'une veste en cuir et Wilk, le maître d'équipage. Tous barbus et sales, sauf bien sûr Knox, insupportable de rigueur. L'un des machinistes explose de rage :

– QU'EST-CE QUI S'EST PASSÉ ?

– On a été torpillés ! répond Peter, le cuisinier.

– Mais non, ça aurait pété !

– D'après toi, c'est pas le cas ? dit un autre, il n'y a pas eu assez de dégâts peut-être ?

– Et si c'était une mine ?

– Non, intervient le capitaine de sa voix sèche.

Clope au bec, Caine cesse de pianoter sur le clavier et relit la cinquante-sixième page de son roman. Un secret intitulé *UnderHell* situé en 1944, qu'il peaufine depuis trois ans entre midi et 13 h 30, enfermé dans son bureau. Caine n'en a parlé à personne, de crainte qu'on ne se moque de lui. Si ça devait arriver, il riposterait d'un coup de poing bien placé, mais le mal serait fait. Et c'est déjà assez dur d'écrire et d'y croire. Au début, il pensait se lancer évidemment dans un polar, puis il a décidé de romancer son passé au sein de la *Royal Navy*.

Ce livre, c'est sa manière d'oublier un peu son boulot et le procès qui l'oppose à son frère depuis la mort de leur mère. Celle-ci a toujours rejeté Caine, mais c'est pourtant lui qui s'en est le plus occupé durant son hospitalisation. Son frère – le « pas gros », le « marié » – l'accuse d'avoir touché au compte bancaire de leur mère. C'est vrai, mais Caine ne l'a fait que pour payer les soins et l'enterrement. Alors ce roman, même s'il s'agit d'un huis-clos, est pour lui une bouffée d'oxygène. Tous les midis, il prend de plus en plus goût à l'écriture, surtout depuis qu'on l'a doté d'un ordinateur. Et comme il est le seul à y avoir accès, son secret reste bien gardé.

Il allège quelques phrases quand, du bureau de George, provient une sonnerie. Déconcentré, Caine peste contre ce téléphone aux « driiiing ! » interminables. Le silence revient enfin, alors il renoue avec l'écran et corrige deux fautes d'orthographe. Son propre téléphone retentit à son tour. D'une main brutale, il décroche le combiné :

– Caine !

– C'est Walter. Je vous dérange ?

– Toujours.

– Désolé. Je viens d'essayer de joindre George et…

– Il est absent, ça fait un bail qu'on ne l'a pas vu.

– Je l'ignorais, s'étonne Walter, et vous n'avez pas cherché à… ?

– Ben oui, évidemment ! J'ai tenté de le joindre chez lui plus d'une fois !

– Et vous ne m'avez pas… ?

– Vous me prenez pour qui ? Je ne suis pas sa nounou !

– Bon, si jamais il…

– OK, à la prochaine !

– Attendez ! J'ai quelque chose à vous dire, mais ça doit rester entre nous.

– Quoi encore ?

Walter lui répond et Caine, livide, éteint l'écran.

25

24 mars 1979

Station Road, York.

« … et maintenant, chers auditeurs, du *Supertramp*, rien que pour vous : c'est nouveau, ça s'appelle *The Logical Song* et c'est du bon ! »

De sa main gantée, le chauffeur augmente le volume de l'autoradio. À l'écoute de l'intro, il songe à cette citation d'Oscar Wilde – « la mélancolie, c'est le bonheur d'être triste [1] » – qui s'applique à merveille au « super vagabond ». Nouvel album, même recette de pop douce-amère. Non, jamais la nostalgie n'a été aussi agréable :

« When I was young, it seemed that life was
so wonderful
A miracle, oh it was beautiful, magical.
All the birds in the trees, well they'd be singing
so happily,
Oh joyfully, ooooh playfully watching me… »

1. Il s'agit en fait d'une citation de Victor Hugo, mais personne n'est parfait.

– Steve, dit froidement Walter, baissez le volume.

– Bien, monsieur.

L'homme s'exécute, ne cachant rien de sa déception. Son attitude agace Walter, bien différente de celle de Ray, son chauffeur habituel. Lui ne se serait pas permis de soupirer. De toute façon, il n'allume jamais l'autoradio. Seulement voilà, aujourd'hui, Ray n'est pas là. Ce matin, il a téléphoné à Walter pour lui dire qu'il avait un torticolis. C'est la vérité, mais il s'est gardé d'en évoquer la raison : le cunnilingus qu'il a fait cette nuit à sa fiancée. Dans son orgasme, celle-ci a resserré ses cuisses sur le cou de Ray et – crac ! – s'est tournée sur le côté.

Walter n'en saura jamais rien et, même s'il venait à l'apprendre, il n'en rigolerait pas. Depuis deux jours, il est à cran. Comme Caine, Vaughn et Armstrong, ébranlés eux aussi par le retour de « L'Éventreur ». Les autres (agents, journalistes et femmes du Nord) n'en ont pas été informés. Ordre du Premier ministre, opposé pour l'instant à la publication des lettres.

– Prenez North Street, dit Walter.

– Bien, monsieur.

Walter fixe la nuque blonde de son chauffeur, où repoussent des petits cheveux « n'importe comment ». Il palpe la sienne pour s'assurer qu'il n'y figure aucun de ces satanés cheveux, qu'il hait autant que les poils dans les oreilles des vieux. De l'index, il inspecte discrètement les siennes, puis ses narines pour s'assurer qu'aucun poil ne parasite sa moustache. Blanche comme, depuis peu, ses tempes. Le temps qui passe, qui tue et contre lequel on ne peut rien. C'est con, mais c'est tellement vrai.

Il regarde à travers la vitre. Au loin, les ruines de l'abbaye de St Mary et ses inévitables touristes « en avance avec leur pognon, leurs sandales et leurs appareils photo ». Il est vrai que, ce mois-ci, le temps est exceptionnellement doux. À la météo, ils ont dit que ça ne durerait pas. Ils ont même annoncé une tempête, dans les prochains jours.

– Maintenant, poursuit Walter, continuez sur Skeldergate.

– Jusqu'où ?

– Je vous dirai.

Steve acquiesce et, l'oreille tendue pour mieux capter la chanson, longe la rivière Ouse. Eau cristalline, berges verdoyantes et promeneurs souriants. Une vision idyllique qui contraste avec son passé tumultueux : ouverte sur la mer du Nord, elle a été violée durant des siècles par autant de guerriers que de commerçants.

Depuis, les envahisseurs ont été remplacés par des retraités et les marchands ont délaissé le textile au profit des calendriers et des cartes postales, mais qu'importe : la Ouse s'appartient à nouveau et est redevenue une simple mais magnifique rivière, sur laquelle on navigue plus qu'on ne se déplace. Comme ce couple qui, là-bas, se bécote dans une barque.

– Arrêtez-vous, dit enfin Walter.

– Devant cette maison ?

– Oui.

Il coupe le moteur, censurant du même coup la musique. Sans dire un mot, Walter sort et claque la portière. Enfin seul, Steve remet le contact pour… trop tard : *Supertramp* a cédé la place à un flash info.

Élections, pronostics et débats houleux entre élus méprisants, indignes de leurs électeurs. La politique et sa comédie de l'ego qui, d'ici à la France en passant par les States et ailleurs, flingue le monde chaque jour un peu plus. Privé de musique, le chauffeur fouette l'autoradio avec sa casquette.

De son côté, Walter approche de cette maison blanche sur deux étages, qu'il n'a pas revue depuis Noël 1977. Boîte aux lettres débordante. Jardin broussailleux. Garage ouvert. Rover poussiéreuse. Parterre de fleurs séchées. Bouteilles de lait verdâtre devant la porte. Walter presse la sonnette, attend quelques secondes et demande :

– George ?

En l'absence de réponse, il renouvelle son geste. Toujours rien. Il tape du poing à deux reprises, sans succès. Il quitte le porche et contourne la maison pour regarder à travers une fenêtre, puis une autre. Personne.

– GEORGE ! C'EST MOI ! WALTER !

Ses cris alertent un couple de voisins sexagénaires. Étalée sur une chaise longue, la femme interrompt ses mots croisés pour interpeller son mari. Celui-ci cesse de tailler ses haies et, le sécateur en V, s'approche de Walter :

– Oh ! Ça ne va pas, de crier comme ça ?

– Police, dit-il en lui montrant sa carte, avez-vous vu sortir Mr Knox ?

– Non. Je vais demander à ma femme, elle est dans le jardin depuis 10 heures. MARTHA ! TU AS VU KNOX, CE MATIN ?

– NON ! D'AILLEURS, ÇA FAIT LONGTEMPS QU'ON NE L'A PAS VU !

– C'est vrai, dit l'homme, j'espère qu'il ne lui est rien arrivé.

– Moi aussi, soupire Walter.

– Entre nous, je ne vous cache pas que son absence nous arrange : on commençait à en avoir assez, de tous ces journalistes devant chez lui.

Walter regagne le porche, sous les regards des voisins. De la Jaguar, Steve observe ses déplacements avec un étonnement qui cesse à l'annonce d'un sondage. Forte probabilité de victoire des Conservateurs. « Tant mieux, pense-t-il, s'ils sont élus, ils libéraliseront Radio Caroline [1]… j'espère qu'ils le feront, cette fois. »

Là-bas, Walter retourne devant la porte, non sans une certaine appréhension. Il se racle la gorge et parle d'une voix anxieuse :

– George, j'ai vu ta voiture et je sais que tu es là… enfin, j'espère. Je ne te demande pas de m'ouvrir… juste de m'écouter. *Il* t'a encore envoyé une lettre… et au *Mirror*, aussi. Je les ai fait expertiser, c'est *lui*. Dans celle qui t'est adressée, *il* sous-entend qu'*il* pourrait encore tuer à Bradford… Je te l'ai photocopiée… Armstrong veut te voir avant de réunir les autres, tu es le premier à avoir bossé sur l'affaire… appelle-moi, s'il te plaît. J'ai besoin de toi… seul, je ne peux rien faire… appelle-moi, je m'inquiète.

Walter attend une quelconque manifestation, en vain, puis fouille la poche de sa veste. Il en sort la photocopie, qu'il déplie :

1. Célèbre radio pirate qui émettait sur un bateau au large du pays, censurée depuis 1975.

Salut George,

Désolé de pas avoir écrit pendant un an, mais comme j'avais dit, j'ai beaucoup de boulot. C'est marrant, plus je tue ces salopes et plus y en a. Alors moi, tout ça, ça me fait bander, tu comprends. Du coup, je vais m'y remettre. T'es prêt ? J'ai bien envie de nettoyer encore Bradford, mais sûrement pas Chapeltown, sacrément trop risqué à cause de ces putains de flics. On verra. D'ici là, dis aux putes de pas sortir, je sens que ça me revient,

Amicalement,

Jack L'Éventreur.

P.S. : j'espère que t'es pas jaloux que j'ai aussi écrit au Mirror.

Walter la relit, terrifié, puis la glisse sous la porte. Les yeux rivés sur la poignée, il sort son paquet de Benson and Hedges. Il s'en allume une, qui consume rapidement son espoir jusqu'au filtre. Il écrase sa cigarette dans un pot de fleurs et, avec regret, se résout à partir. Le voisin le regarde sortir de la propriété, après quoi il retourne à ses haies.

À la vue de son supérieur, Steve remet sa casquette et baisse l'autoradio. Walter ouvre la portière et, sur le point d'entrer, regarde une dernière fois la porte de la maison. Il baisse les yeux, puis s'installe sur la banquette arrière. Dans le rétroviseur intérieur, son visage dispense Steve de toute question.

26

Le surlendemain

West Yorkshire Police Station, Wakefield.

– Allô !
– Burstyn ?
– Non. Qui êtes-vous ?
– Superintendant Bellamy, de Wakefield.
– Et moi, détective Parker. Enchanté.
– Heu... navré de vous déranger, je pensais accéder au bureau du détective Burstyn.
– « Inspecteur », rectifie l'homme.
– Il a été promu ?
– Ça remonte à trois mois, Mark a bouclé un gang de kidnappeurs.
– Ah. Pouvez-vous me transférer, s'il vous plaît ?
– Un instant, je vous prie.

Biiiip... biiiip... biiiip...

– Allô ?
– Burstyn ?
– Non, je suis...
– C'est incroyable, ça ! Où est-il ?

– À la Stone B. Bank, pour une intervention. Voulez-vous que je… ?

Clac !

Agence de la Stone B. Bank, Bradford.

Sans entrain, Mark enfile ses gants et lisse le latex entre ses doigts. Le détective Sax fait de même, sous les yeux du photographe et du binôme. Mark s'accroupit devant le directeur attaché au poteau, l'une des trois victimes de ce énième braquage. « Foireux », a précisé Mark à son arrivée, et pour cause : en quatre minutes, la sereine banque des retraités du coin est devenue un enfer de sang, de billets éparpillés et de verre brisé. Un hold-up de plus, conséquence de cette crise qui pousse les plus démunis au crime.

Mark examine celui que le photographe a surnommé « pizzaface ». Humour ô combien déplacé, mais hélas justifié : une « œuf-bacon-fromage » avec suppléments « œil et molaires ». Effusions dans un rayon de trois mètres, donc tir à bout portant. Mark fouille sa poche et en sort son stylo, avec lequel il récupère une douille :

– En fait, pas si foireux que ça…

– Pourquoi ?

– C'est du « 12 » et aucun paumé d'ici ne peut se payer un Mossberg. Les gars étaient bien équipés, ils savaient ce qu'ils faisaient. Il n'y a rien qui vous choque ?

– Ben… hormis ce mec et les tripes de la vieille là-bas, non.

– La sortie est à droite, mais l'un des gars est revenu ici pour buter le directeur.

– Peut-être qu'il a essayé de…

– Il ne pouvait rien faire, il était attaché. Braquage, donc, et règlement de comptes.

– Et la vieille, alors ? Et l'autre ?

À l'accueil, retentit un téléphone. Stridente, sa sonnerie résonne dans la banque anéantie. L'un des agents décroche, acquiesce et s'exclame :

– Inspecteur ! C'est pour vous !

– Et allez…, soupire Mark.

Il se redresse et traverse le hall, contournant les flaques en direction de l'accueil. Il récupère le combiné :

– Burstyn !

– Bonjour, c'est Walter. Désolé de vous déranger en plein boulot.

– Heu… « Walter » ?

– « Bellamy ».

– Oh ! Ça fait un moment ! Comment allez-v…

– Félicitations pour votre promotion.

– Merci. C'est gentil à vous de me téléphoner, mais ça pouvait attendre mon retour.

– Non. Je vous appelle pour… « L'Éventreur » a encore écrit à George et à Vaughn.

– QUOI ?

Sa stupeur éveille la curiosité de ses confrères. Bouleversé, Mark leur tourne le dos et se ressaisit, parlant plus bas :

– Vous… vous êtes sûr que c'est *lui* ?

– Oui, même écriture que l'année dernière. *Il* annonce d'autres crimes, peut-être chez vous, mais pas à Chapeltown, « trop risqué à cause de ces putains de flics ».

– Merde… Et George, qu'en dit-il ?

– Justement, c'est pour ça que je vous appelle. Avez-vous eu de ses nouvelles ?

– Non, pas depuis notre dernière réunion.

– Aucun message ?

– Non plus.

– Écoutez, j'ai un service à vous demander. Je compte réunir le R.I.O., mais George est injoignable. J'ai peu de temps, alors j'ai pensé que vous pourriez...

Deux jours plus tard, le gouvernement est renversé par les Conservateurs à 311 voix contre 310. Ils avaient raison, à la météo.

27

6 avril 1979

Île d'Arran, ouest de l'Écosse.

La terre de toutes les beautés ou plutôt l'archipel, au regard de ses huit cents îles. Mariage parfait de verdure et de roche, chacune d'elles abrite une faune diversifiée entre cerfs, macareux et même de petits pingouins. À cela s'ajoute une stupéfiante diversité, comme si les dieux avaient voulu dissiper tout conflit : certaines possèdent des lacs, d'autres des fjords ou encore des volcans tel l'Old Man of Storr sur l'île de Skye.

Celle d'Arran est surnommée « l'Écosse miniature » car, dit-on, elle en résume les merveilles : plages, falaises escarpées et landes surnaturelles. En cette saison, la nature déploie sa palette florale, entre iris jaunes et anémones des bois. Le tout irrigué d'une pluie fine qui, associée au soleil matinal, fait naître un arc-en-ciel au-dessus du mont Goat Fell. Une brise caresse cet Éden et se faufile entre les menhirs jusqu'au bord de la falaise…

… d'où un homme en parka fixe la mer. Mark marche dans sa direction, sa veste sur l'épaule. Une heure de marche après quatre autres en ferry, train et avion. Plus une heure et demie d'attente à l'aéroport de

Glasgow Prestwick, pour cause de grève. Ici, aussi. Essoufflé, Mark desserre sa cravate et s'appuie contre l'un des menhirs :

– Inspecteur, c'est moi... Mark.

– Qu'est-ce que vous foutez là ? lâche George sans se retourner, laissez-moi !

– Walter m'a dit pour votre épouse... j'ignorais son cancer... je suis désolé, vraiment... je pensais vous trouver au Fulford Cemetery, mais... Walter m'a dit qu'elle était née ici et...

– Laissez-moi, j'ai dit !

– Écoutez, je comprends que...

George se retourne brusquement et le saisit par le col. Effaré, Mark découvre son nouveau visage, qui semble avoir vieilli de dix ans : cheveux gris en bataille, yeux fatigués et grosse barbe anarchique remplaçant son bouc jadis finement taillé. Quant à sa réputation, il n'en reste plus que cette violence avec laquelle il l'a empoigné. La pluie tic-taque sur leurs visages rapprochés.

– NON ! hurle George, VOUS NE COMPRENEZ PAS ! VOUS NE POUVEZ PAS COMPRENDRE ! PERSONNE !

– C'est vrai, vous avez raison. Je ne peux pas comprendre votre douleur, pas plus qu'on ne peut comprendre celle des proches des victimes.

– OUI ! ET TOUT ÇA, C'EST FINI POUR MOI !

– Pourtant, vous avez lu la lettre que Walter vous a laissée. Je me trompe ?

George le fixe, les mâchoires crispées. Quelque part, un aigle royal prend son envol pour froisser élégamment le rideau de pluie. George repousse son jeune confrère contre le menhir et, poings serrés, se poste au bord de la falaise. Mark masse son dos endolori, puis ramasse sa veste. George, d'une voix sèche :

– Oui, je l'ai lue et je ne reprendrai pas l'enquête. Je vous l'ai dit, j'en ai fini avec ça.

– Mais « L'Éventreur », lui, n'en a pas fini avec vous… ni avec les femmes du pays, dit-il en fouillant la poche de sa veste.

Il en sort un *Yorkshire Post* daté d'hier et le jette aux bottes de George. Celui-ci lorgne sur la une, où figure la photo d'une jeune fille brune et souriante. Josephine Baxter, dix-neuf ans, secrétaire, titrée « Neuvième victime ? ». Un point d'interrogation qui attend le R.I.O. pour officialiser ce que tout le monde redoute : une affirmation. Mark, sur un ton ferme :

– On l'a retrouvée dans une décharge à Halifax, alors que dans *sa* lettre, *il* évoquait Bradford. Elle a eu le crâne défoncé au marteau et a subi vingt et une lacérations. Comme Jayne, ce n'était pas une prostituée, c'est un nouveau message pour les femmes du Yorkshire. Elles sont affolées, et le couvre-feu a été décrété dans le Nord.

– Écoutez… j'ai conscience de la situation, mais…

– Alors, revenez.

– Je ne peux pas.

– Mais si. Un jour, vous m'avez dit que j'étais devenu flic pour avoir biberonné les aventures de Peter Gunn. Et vous ?

– Ça n'a rien à voir avec une vocation ou je ne sais quoi… je n'ai plus la force… j'ai passé trois ans de ma vie à *le* chercher, j'ai perdu trois ans… trois ans pendant lesquels j'aurais pu être plus présent pour… Kathryn me manque.

– Je sais et je suis là, George, je serai toujours là. Revenez, je vous en prie. Aidez-moi… aidez-nous…

Le lendemain, George téléphone enfin à Walter et lui dit qu'il accepte de reprendre l'enquête. À une condition.

28

9 avril 1979

Amphithéâtre de l'école de police, Wakefield.

« *Goodbye blue sky* », chantent les Floyd dans le studio où ils enregistrent leur prochain album, *The Wall*. Certes, le ciel n'était pas si bleu que ça, mais ce qui est sûr, c'est qu'il s'annonce bien noir. Le résultat des élections a porté le coup de grâce à un pays que certains, à juste titre, appellent « l'homme malade de l'Europe ». Un séisme d'autant plus cinglant qu'il s'est produit à une voix près : en théorie, les Travaillistes auraient pu se maintenir jusqu'en octobre, s'il n'y avait eu cette motion votée par une coalition de Conservateurs, libéraux et nationalistes. Or, en politique, la théorie devient stratégie et le 28 mars a transformé une défaite en humiliation : pour la première fois, le gouvernement d'un pays occidental va être dirigé par une femme, Margaret Thatcher, à la tête du parti conservateur depuis quatre ans.

Permanente impeccable, tailleur de chez Aquascutum et élocution parfaitement travaillée, Thatcher est un pur produit de la tradition victorienne axée sur la famille et le travail. Des valeurs contraires au consensus d'après-guerre qui prévalait depuis 1945, notamment sur la protection sociale avec l'État providence. Farouche opposante, elle a toujours condamné ce « système d'assistanat » et sa fiscalité redistributrice. Au lendemain de son élection, elle a déclaré que son premier combat était celui, non pas du chômage, mais de l'inflation et qu'il impliquait des réformes draconiennes.

Goodbye blue sky, donc, mais surtout goodbye government, dont les jours sont comptés et goodbye Armstrong, bientôt évincé du Home Office.

Ainsi, toute la presse est sur le pied de guerre, traquant sans relâche politiciens victorieux et perdants. Fini la République islamique en Iran, la prise de Phnom Penh par les Viets ou la naissance de l'Écu : désormais, les médias ne parlent que de cette élection historique, dans cette amnésie sélective propre à la profession.

Une autre information a pourtant émergé, celle de la mort de Josephine Baxter. Dès la découverte de son corps, les rédactions du pays et du monde entier ont lâché leurs chiens aux portes du R.I.O. Walter y a donc improvisé une conférence de presse, pour couper court aux rumeurs. Lui qui, en ce moment même, pianote nerveusement sur la table. À sa gauche, Mark, Rubin, Caine et Hagman. À sa droite, Davidson, Powell et un nouveau : le « Chief » Robards de la police d'Halifax, quinqua trapu en costard. Alors qu'il remplit son verre d'eau, les flashes immortalisent le nouveau look de Caine. Depuis la dernière réunion, il s'est essayé au changement avec sa moustache et son imper barbour au col en velours côtelé… qui ont séduit Romy, son avocate.

De toute façon, aujourd'hui, les journalistes ont bien autre chose à traiter. Les polices de Leeds, Bradford, Manchester, Huddersfield et Halifax alignées en brochette, c'est du jamais vu. L'occasion pour la presse d'en savoir plus sur la mort de Baxter, bien sûr, mais aussi sur ces manifestants matraqués et ces descentes « anti-nègres ». Walter échange quelques mots avec Mark, se penche en avant pour s'assurer que les autres sont prêts et parle dans son micro :

– Messieurs, bonjour. Devant l'agitation, je vous rappelle que nous comptons sur votre professionnalisme afin que cette conférence se déroule dans le calme. Nous avons peu de temps à vous consacrer, alors je vous invite à poser vos quest…

– Mr ROBARDS ! intervient un journaliste, VOTRE PRÉSENCE…

– … SIGNIFIE-T-ELLE QUE…, poursuit un autre.

– Une question par personne, merci !

Index pointé, premier banc.

– Jack Ludwarm du *Sun*, Wakefield : Mr Robards, votre présence signifie-t-elle que Josephine Baxter est la neuvième victime de « L'Éventreur » ?

– C'est ce qu'en a conclu notre légiste.

Main levée, cinquième banc.

– William Harris du *Yorkshire Post*, Leeds : dans ce cas, comment expliquez-vous que « L'Éventreur » ait annoncé *son* nouveau crime à Bradford ?

– Nous ne l'expliquons pas.

– *Il* n'avait pas annoncé, mais évoqué l'éventualité d'un crime à Bradford, précise Caine, ce n'est pas la première fois qu'*il* nous induit en erreur.

Index pointé, septième banc.

– Ray Morris du *Daily Post*, Liverpool : pourquoi l'inspecteur Knox est-il absent ?

– Pour raison personnelle, répond Walter.

Stylo qui s'agite, troisième banc.

– Michaël Mention du *Monde*, Paris : est-il toujours membre du R.I.O. ? demande celui-ci dans un anglais catastrophique.

– Non.

– Dans ce cas, pourquoi… ?

– J'ai dit « une question par personne ».

Main levée, dernier banc.

– Alistair Widward du *Daily Mirror*, Manchester : Mr Bellamy, son absence est-elle liée au décès de son épouse ?

– J'ignore comment vous vous êtes procuré cet élément d'ordre privé. Votre question est indigne du journal qui vous emploie et j'en parlerai à votre supérieur.

Deux mains tendues, sixième rang.

– Alan Harrison du *Daily Star*, Sheffield : Mr Powell, après ce crime survenu à Halifax, vos recherches sont-elles toujours axées sur Manchester ?
– Oui.

Stylo, encore le sixième rang.

– Winston Parker du *Guardian*, Manchester : Mr Bellamy, qu'en est-il de la piste de Sunderland, d'où les lettres ont été postées ?
– Elle reste d'actualité. Quant aux comparatifs graphologiques, ils sont en cours.

Index pointé, deuxième rang.

– David Field du *San Francisco Chronicle* : Mr Bellamy, pensez-vous que « L'Éventreur » ait été inspiré par le « Zodiac » qui a sévi chez nous ?
– Non, ceci est une rumeur ridicule.

Autre journaliste, autre question.

La conférence s'éternise une heure, durant laquelle chaque officier est sollicité. Au sortir de l'amphithéâtre, les journalistes regagnent leurs rédactions pour y rapporter les informations essentielles : doublement des renforts de Scotland Yard, poursuite des recherches à Manchester, interpellation d'un gitan à Sheffield, d'un barbu à Leeds et deuxième interrogatoire du suspect de Bradford. Walter quitte l'amphithéâtre, suivi de Powell et des autres. Il les abandonne à leurs discussions et pénètre dans les toilettes, où un agent chante en se soulageant dans un urinoir :

– Niiiin, nin nin, nin nin, niiiin… hum ! Heu… bonjour, Mr Bellamy.

– Bonjour, dit-il sans le regarder.

Walter traverse la pièce jusqu'aux lavabos. Il retrousse les manches de sa chemise, tourne le robinet et joint ses mains pour y récolter de l'eau. Rafraîchi, son visage jouit d'une détente incomparable… brisée par Caine, qui entre brusquement :

– COMMENT ÇA, « TOUT SEUL » ?

L'agent sursaute, aspergeant son pantalon. Walter tourne le robinet et s'adresse au reflet de Caine :

– Inutile de crier, inspecteur.

– POUR QUI IL SE PREND ? PAS DE NOUVELLES PENDANT SIX MOIS ET PUIS, IL REVIENT ET ON DOIT TOUS SE PLIER À SES EXIGENCES !

– Vous l'ignorez peut-être, mais il a perdu sa femme.

– JE SUIS DÉSOLÉ POUR LUI, MAIS ÇA N'A RIEN À VOIR !

– Vous… vous parlez de l'inspecteur Knox ? intervient l'agent.

Walter et Caine se tournent vers lui. L'indésirable comprend et quitte les lieux, en remontant sa braguette. Caine claque la porte derrière lui, dans un énervement qui se traduit – comme toujours – par un excédent de transpiration.

– J'ATTENDS VOS EXPLICATIONS !

– C'est pourtant simple. « L'Éventreur » a écrit deux fois à Knox et…

– ARRÊTEZ AVEC ÇA ! JE SAIS QUE VOUS ÊTES POTES !

– … il est normal qu'il se sente impliqué. De plus, il est le premier à avoir enquêté.

– ET ALORS ? CETTE AFFAIRE EST AUTANT AU R.I.O. QU'À LUI !

Walter se tourne vers la serviette, pendue à côté du miroir. Il l'arrache et s'essuie méticuleusement les mains :

– Nous continuons nos recherches et il les synthétise. S'il opère en solo, c'est pour aborder l'affaire sous un angle « humain » et s'affranchir de l'aspect administratif qui a noyé nos enquêtes. Rendez-vous compte : cinq services, ce n'est pas rien !

– « L'ÉVENTREUR » A TUÉ DANS PLUSIEURS VILLES, IL FALLAIT BIEN RALLIER POWELL ET LES AUTRES !

– George pense qu'*il* a tué un peu partout pour nous amener à nous unir et, malgré nous, brouiller l'enquête. C'est aussi notre avis, à votre supérieur et moi.

– ET QU'EN DIT LE HOME OFFICE ?

– Oh… depuis les élections, Armstrong ne dit plus grand-chose. Il est trop occupé à préparer son départ.

Hors de lui, Caine sort en claquant la porte. Fort, si fort que la chasse d'eau de l'un des urinoirs se déclenche. Cocasse, cette réaction en chaîne laisse pourtant Walter de marbre. Il prend la serviette avant de se figer, confronté à son reflet. Visage perlé d'humidité, entre usure et exaspération. Une pensée lui traverse l'esprit, ou plutôt une certitude, celle de ne pas être « à sa place ». Walter le sait : on n'a qu'une vie et, depuis trois ans, il passe à côté de la sienne. Ce constat, il ne l'avait pas fait depuis au moins… longtemps, très longtemps. La dernière fois, c'était après la guerre, lorsqu'il était manutentionnaire. Chaque jour, charger des caisses, porter des caisses, vider des caisses et merde, charger d'autres caisses dans un « etc. » aliénant de nullité. À l'époque, son ras-le-bol et les braquages incessants au Sam's Market l'avaient orienté vers des études de police, où il avait retrouvé George.

Quarante ans plus tard, son malaise est revenu, mais cette fois, Walter ne peut rien y changer. Alors, il appuie ses mains sur le rebord du lavabo, expire lourdement et consulte sa montre. 15 h 22. Trop tôt pour appeler son vieil ami…

29

15 juin 1979

Domicile de George et (toujours) Kathryn, Skeldergate, York.

… qui, depuis deux mois, travaille d'arrache-pied. Enfermé chez lui, coupé du présent, pour mieux se replonger dans le passé et ces quatre ans de folie meurtrière. Une somme de travail considérable qui, pourtant, ne l'a pas impressionné. En exigeant de tout reprendre à zéro, il savait à quoi s'attendre. Cette affaire, il la connaît mieux que quiconque : il l'a vue naître, grandir et lui échapper. Comme Anna.

Décidé à se réapproprier l'enquête, il a fait de son bureau son propre R.I.O., dans lequel il vit cloîtré. Depuis le 8 avril et ses provisions à la supérette. Conserves, steaks et beaucoup de café. La caissière n'a pas été surprise par son caddie débordant. Depuis les élections, ceux qui en ont les moyens dévalisent les supermarchés. Une psychose aussi extrême que la crise qui, depuis trop longtemps, ronge le pays : tout le monde sait que sa renaissance passera par des réformes et tout le monde a peur, à commencer par les fonctionnaires et les ouvriers. Désormais, ils le savent : leurs cinq années précédentes de mobilisation n'étaient qu'un entraînement.

George se fout de tout ça. Il ne pense et ne se consacre qu'à « L'Éventreur », pour en finir. Et surtout, pour éviter de penser à Kathryn dont le souvenir obsédant l'empêche de dormir. Du coup, la nuit, il carbure aux somnifères. Enfin, la nuit… le matin, puisqu'il ne dort qu'entre 7 et 11 heures. Pour George, c'est encore trop, étant donné l'ampleur de la tâche. Quatre ans de paperasse, qu'il s'est fait livrer à leur domicile. D'abord ses propres dossiers, puis ceux de Leeds, de Bradford et des autres villes, mais aussi du R.I.O. et même de Scotland Yard. Plus encore que les autres, ceux-ci ont été difficiles à obtenir et il ignore comment Walter s'y est pris. Il ne le lui a pas demandé. Il s'en fout, comme de la promotion de Mark, de la jalousie de Caine et de la nomination de William Whitelaw à la tête du Home Office.

De nature endurcie, George s'est davantage « bétonné » depuis la mort de Kathryn. Injuste pour elle, insoutenable pour lui. Indicible, sa détresse a annulé le peu de sensibilité qu'il s'autorisait jusqu'alors. De solitaire, il est devenu ermite, ne quittant sa tanière que pour les toilettes et, parfois, la salle de bains. Le reste du temps, il bosse à la lumière de sa lampe de bureau, sans télé ni radio. Quant au téléphone, il ne le rebranche que tous les trois jours. Pour le coup de fil de Walter, histoire de savoir où en sont les autres. De son côté, George a divisé leurs quatre années d'enquête en semaines, depuis début avril jusqu'à aujourd'hui :

2e semaine d'avril : dossiers de Leeds depuis 1975.
3e semaine d'avril : dossiers de Bradford depuis 1976.
4e semaine d'avril : dossiers de Manchester depuis 1977.
1re semaine de mai : dossiers de Huddersfield depuis 1977.
2e semaine de mai : dossiers du R.I.O. depuis 1977.
3e semaine de mai : dossiers de Scotland Yard depuis 1978.
4e semaine de mai : synthèse.

Une laborieuse mais nécessaire répartition, qui lui a permis de mieux cibler les points récurrents entre les crimes. Neuf victimes, dont il a punaisé les visages sur le mur, par ordre chronologique…

Wilma McCrane
Emily Oldson
Irene Richards
Tina Wilson
Jayne Temple
Janice Jordan
Helen Hicks
Yvonne Parsons
Josephine Baxter

… avec liste de leurs clients, proches et amis, qu'il a lui-même reconstituée. Entre noms, domiciles et habitudes, il a réétudié leur profil en quête de la moindre similitude. Sans compter leur classification par ville…

Leeds : Wilma McCrane, Emily Oldson, Irene Richards, Jayne Temple.

Bradford : Tina Wilson, Yvonne Parsons.
Manchester : Janice Jordan.
Huddersfield : Helen Hicks.
Halifax : Josephine Baxter.

… et les photos des survivantes – Maureen Ayers (Bradford), prostituées agressées en 1975 (Keighley, Halifax) et en 1976 (Leeds) – grâce auxquelles le portrait du moustachu a pu être actualisé en barbu. « Jim », « Jack L'Éventreur » ou ce « *il* », dont il a agrandi et punaisé le visage, entre les quatre lettres. Les deux adressées à Vaughn et les « siennes », d'où se dégagent ces phrases particulièrement terrifiantes…

« … ce que je veux, c'est débarrasser les rues de toutes ces salopes… »
« … je suis partout… »
« … dis aux putes de pas sortir, je sens que ça me revient… »

Deux lettres à la sinistre évolution, passées de « *Cher George* » à « *Salut George* », et d'« *Affectueusement* » à « *Amicalement* ». Une provocation de plus de la part d'un tueur dont le nom figure – peut-être – dans la liste de tous les individus interpellés depuis 1975. Suspects potentiels et boucs émissaires, pour la plupart homosexuels, travestis ou gitans arrêtés sur ordre de Caine. L'enquête a été une aubaine pour lui, qui en a profité pour nettoyer sa ville. Ambitieux comme pas deux (plutôt trois, eu égard à son obésité), Caine se verrait bien devenir superintendant. « À ma place », a confessé Walter au téléphone.

Sacré Walt, qui a tenté de lui changer les idées en parlant de la Coupe du monde de cricket, qui a débuté il y a six jours. Huit équipes, quinze matchs et l'angoisse d'une nouvelle défaite du pays. Une peur que ne partage pas George, qui l'a sommé de revenir « à l'essentiel ».

Du coup, Walter lui a dit qu'il privilégiait toujours Manchester et Sunderland, où ont été interpellés un énième conducteur de Ford rouge et un barbu de trente-huit ans. George a dit qu'il n'y croyait pas, mais lui a néanmoins demandé leurs dossiers par fax. Au cas où. Car aucune piste n'est à négliger, même la plus fumeuse.

Deux noms se sont donc ajoutés à ceux des nombreux autres interpellés depuis quatre ans : clients de prostituées, anciens taulards condamnés pour agression sexuelle, anciens pensionnaires d'orphelinats, hommes d'affaires, malades mentaux, fanatiques de Jack L'Éventreur et autres, tous réunis en une seule catégorie : 876 suspects barbus. Il n'a ensuite conservé que ceux âgés de trente à quarante ans…

536

… ensuite, ceux qui chaussent du 41…

248

… puis, ceux qui possèdent une voiture rouge…

109

les bricoleurs ressemblant au portrait-robot…

75

… et enfin, ceux susceptibles d'avoir reçu le billet n° AW51 121565 :

23

Vingt-trois suspects, dont il a classé les dossiers par ville : sept à Manchester, six à Sunderland, quatre à Leeds, trois à Huddersfield, deux à Halifax et un à Bradford. Depuis ce matin, il s'en imprègne jusque dans leurs moindres détails. Après le premier suspect de Halifax, le voilà immergé dans la vie du deuxième, qu'il dissèque de son feutre… tremblant. Trop de fatigue. Et trop de café, aussi.

Il pose le feutre, frotte ses paumes, puis se contorsionne. D'abord à droite, puis à gauche et encore à droite. Il s'enfonce dans sa chaise à roulettes, déboutonne sa chemise jusqu'au sternum. Celle qu'il porte depuis une semaine, avec son jean devenu mensuel. Ce laisser-aller aurait fortement déplu à Kathryn, dont le souvenir revient gifler sa mémoire.

Encore.

George s'effondre, la tête entre les mains. Mal extrême, comme si les racines de ses dents étaient désolidarisées et s'entrechoquaient en permanence. Les coudes sur le bureau, il presse ses tempes comme pour broyer cette souffrance viscérale qui ne l'a pas quitté depuis le 21 octobre dernier. Ce 21 octobre 1978, à 19 h 27, lorsque Kathryn a cessé de respirer. Il la revoit amaigrie, chauve et le teint jauni, dans son lit d'hôpital. Image d'autant plus pénible qu'elle remplace celles d'avant : leur rencontre dans un restaurant de Soho, leur mariage « à l'écossaise », leur complicité permanente, la naissance d'Anna… son souvenir envenime sa solitude, véritable torture physique. Plus d'une fois, il a songé au suicide. Une nuit de décembre, il a même ouvert son rasoir et l'a appliqué sur son poignet gauche, avant de le refermer. Pourquoi ? Il n'en sait rien. Ce n'est pas la peur, ni l'orgueil. Juste un « quelque chose » qui ne s'explique pas, comme son retour à York. Toujours est-il que depuis, il ne s'est pas rasé. Sa barbe touffue qui a tant choqué Mark, il y tient, car elle est le signe d'une vie qui continue.

Éreinté, il balade son regard dans la pièce. Ses yeux butent sur les dossiers çà et là, avant de se poser sur le dernier. Il l'ouvre d'une main et, de l'autre, remplit sa tasse de café. Il y plonge une cuillerée de sucre, mélange en lisant. Les pages se succèdent au son de la cuillère, qui s'arrête alors. Il relit aussitôt, fait rouler sa chaise jusqu'aux dossiers de Leeds. Il en feuillette un frénétiquement, compare avec celui de Bradford, puis Manchester, et réalise que cet homme a été interrogé à quatre reprises depuis 1977 : une fois sur les pneus (Richards, Leeds), une fois sur la voiture (Ayers, Bradford) et deux fois sur le billet (Jordan, Manchester). Les trois villes du « triangle ».

Le feutre alerte, George relit la fiche de ce barbu de trente-quatre ans, chaussant du 41, domicilié à Bradford, marié et père de deux enfants, client habituel d'un magasin de bricolage, ancien fossoyeur au Bingley Cemetery, chauffeur routier dans une entreprise affiliée à la Midland Bank…

… et qui s'appelle Paul Witcliffe.

30

Le lendemain

Canal Road, Bradford.
9 h 36.

Dans sa cabine, le vigile feuillette son *Daily Star*, affalé sur la chaise. Détente physique autant qu'intellectuelle que perturbe un klaxon, encore. Le gardien râle – comme à chaque fois, depuis six ans – et appuie sur un bouton. Ouverture des grilles, dont le grincement paraît emprunté aux *Hammer movies*. Au volant de son camion, le routier quitte l'enceinte de la Sun & Clark Society. L'une des rares boîtes d'ici à avoir échappé à la crise, pour l'instant. Personne ne sait comment, mais tout le monde s'en réjouit : sans la S.C.S., les pubs et les stations-service de Bradford seraient à sec.

L'énorme citerne se reflète dans les verres de George, sur le trottoir d'en face. Il regarde passer le camion et, poings serrés, s'éloigne de sa Rover. Ses pas martèlent le bitume avec une assurance qui fait mentir sa nuit blanche. Il traverse la rue et franchit l'enceinte, avant que les grilles ne se referment.

– Hé ! hurle le vigile, z'avez pas l'droit de… !

Il se tait, face à la carte du C.I.D., et regarde George poursuivre son chemin. À sa droite, trois baraquements et deux immenses containers. À gauche, neuf camions immobilisés. L'un d'eux s'oriente vers la sortie, enfumant la vision de George. La poussière se dissipe, dévoilant un entrepôt devant lequel discutent trois employés, assis sur des pneus. Vêtus d'un jean aux pattes d'éph' effilochées, chacun une bière à la main. Le breakfast local, pour bien commencer sa journée et mal finir sa vie.

George se dirige vers le trio, auquel il va devoir s'adresser. Depuis le 8 avril, il n'a parlé qu'à Walter, et par téléphone. Il se plante devant les employés :

– Je cherche Paul Witcliffe.

– J'sais pas s'il est là, répond l'un d'eux, depuis que les plannings ont changé…

– L'est p't-être dans son camion, ajoute un autre, l'en sort jamais !

– Et où se trouve-t-il ?

Le troisième le lui indique de sa bière, dont il « sluuuurpe » ensuite une gorgée. Sans le remercier, George revient sur ses pas. Premier camion, deuxième, troisième… et huitième. Habitacle vide. Tableau de bord avec canettes de Coca et sachets de chips au vinaigre. Portière fermée, sur laquelle est écrit en noir :

« Dans ce camion vit un homme dont le génie,
s'il était libéré, ébranlerait le pays
et dont l'énergie renverserait son entourage.
Vaut-il mieux le laisser dormir ? »

Comme hypnotisé, il fouille la poche de sa veste. Il sort son carnet, son stylo Bic et retranscrit le texte, quand une voix grave – « Bonjour ! » – l'interpelle. La mine se fige, le temps aussi. George se retourne et découvre un trentenaire barbu, cravaté, un trousseau de clefs pendu à la ceinture :

– Paul Witcliffe ?

– Je… je suis son chef. Martin Blair, enchanté.

– Inspecteur Knox, dit-il en ressortant sa carte.

– L'inspecteur Knox de l'enquête sur… ?

– Je cherche votre employé.

– C'est son jour de repos, essayez chez lui. Un problème ?

George retourne aussitôt à la cabine du gardien, replongé dans son journal, et tape du poing contre la vitre. L'homme lui rouvre les grilles en râlant. George sort, puis traverse Canal Road jusqu'à sa voiture. Direction le quartier Heaton…

10 h 02.

… non loin du Bradford industriel. Il ralentit et ouvre son dossier « Witcliffe », sur le siège passager. Après avoir vérifié l'adresse, il s'engage sur Garden Lane aux trottoirs propres et aux maisons soignées. Ses yeux s'écarquillent devant celle du numéro 6, au garage ouvert. Il se gare aussitôt, met le dossier dans la boîte à gants et fixe cette baraque « située à deux pas de Lumb Lane ».

Un tremblement s'empare de sa main droite, puis de la gauche. Fatigue. Kathryn. Antidépresseurs. Il ouvre sa boîte de cachets, en avale trois et quitte sa Rover.

La portière claque, provoquant le sursaut d'une vieille varicée et de son teckel. George marche jusqu'à la boîte aux lettres, vérifie le nom et traverse la pelouse, perlée de rosée. Un tuyau d'arrosage le guide vers le garage, au son d'une pub diffusée par un transistor…

… qu'il devine dans l'obscurité. Devant lui, une Ford Corsair rouge. Adrénaline. Il examine le pare-brise arrière, où figure un sticker des *Bradford Bulls*, puis les vitres. Dans celle côté passager, son reflet semble se déformer en plusieurs visages – ceux des victimes – tordus de douleur. Il recule, avant de se découvrir observé. Silhouette noire, tenant un tricycle dans la main gauche et « quelque chose » dans l'autre. Un objet qui a la forme d'un tournevis, le renvoyant à celui planté dans le dos d'Emily Oldson.

– Mr Witcliffe ?

– Lui-même. À qui ai-je l'honneur ?

– Inspecteur Knox, du C.I.D. de Wakefield.

– Puis-je voir votre carte ?

George la lui présente, d'une main ferme. L'ombre avance d'un pas et devient homme. Massif, avec une barbe soigneusement taillée, vêtu d'une chemisette bleue et d'un jean maculé de peinture blanche. Ses yeux noisette fixent les Ray Ban de George, examinent sa carte et croisent à nouveau les verres argentés :

– Merci. Désolé mais avec votre grosse barbe, je vous ai pris pour un clochard.

– Il n'y a pas de mal. (Puis rangeant sa carte :) Désolé de vous déranger.

– Vous ne me dérangez pas, je répare le tricycle de mon fils.

– Un accident ?

– Il roulait sur le trottoir quand un chat a surgi, et il a percuté un réverbère.

– Votre fils est à l'école ?

– Oui, comme sa sœur. Que puis-je pour vous, inspecteur ?

– J'ai quelques questions à vous poser sur les crimes commis à Leeds et Bradford.

– Ceux de « L'Éventreur », en somme.

Sans le quitter des yeux, George sort son carnet. Flash info, avec interview de Thatcher à sa sortie du 10 Downing Street. Witcliffe pose son tournevis sur l'établi, le tricycle dans un coin, au pied d'une meule :

– Vos confrères m'ont déjà interrogé sur ma voiture, mes pneus et même un billet. Alors, sur quoi allez-vous me questionner ?

– Sur tout cela à la fois.

– Sauf votre respect, j'ai été à chaque fois mis hors de cause. Je m'interroge donc sur votre présence et doute que celle-ci soit officielle.

– Elle l'est, ment George.

– Allons, nous savons tous deux que ce n'est pas le cas. Mais bon, puisque vous êtes là, autant poser vos questions. Je suis à vous, inspecteur.

Il s'assoit sur le coffre de sa Ford, croise les bras et attend. Son sourire plisse ses yeux, pétillants d'arrogance. Du pouce, George enclenche la mine de son Bic :

– En trois ans, votre voiture a été contrôlée trente-six fois à Lumb Lane, où ont été tuées Tina Wilson et Yvonne Parsons, et où a été agressée Maureen Ayers.

– Celle qui a survécu ?

– Oui. Vous ne trouvez pas que cela fait beaucoup, trente-six fois ?

– Étalées sur trois ans, non.

– Dont vingt et une en un an.

– Il m'arrive en effet d'aller à Lumb Lane, c'est à dix minutes d'ici. Ce quartier est le nerf de la ville : on trouve des pubs, des clubs de bowling et…

– … des prostituées, dont vous êtes un « habitué ». Pourquoi le niez-vous ?

– Je ne le nie pas, je ne l'ai pas précisé car cela figure déjà dans mes dépositions.

George le fixe, écrit quelques mots sur son carnet. « Ford Corsair rouge », « tournevis », « meule »… prise de notes essentiellement destinée à stresser son interlocuteur, imperturbable. Derrière eux, fin de l'interview de Thatcher et retour aux informations. Grève des éboueurs à Sheffield, fermeture d'une nouvelle usine à Manchester et pronostics sur le match de cricket d'aujourd'hui. Le pays contre le Pakistan, à Leeds. Tout un programme. Witcliffe soupire :

– Si le Pakistan gagne, ça va être la fête aux feux rouges !

– Puisque vous évoquez Leeds, que pensez-vous du fait que vos pneus coïncident avec la trace trouvée à Soldier's Field ?

– Il m'arrive également de traîner là-bas.

– Pour les mêmes raisons qu'à Lumb Lane ?

– Oui. C'est devenu difficile de fréquenter les « filles », elles se déplacent depuis que sévit « L'Éventreur ». C'est pourquoi j'ai moi aussi changé de ville.

– Les putes ont migré vers Bradford depuis le crime de Leeds, et non l'inverse.

– « Putes » ? Je vous croyais plus respectueux, inspecteur.

– N'est-ce pas le mot auquel vous pensez depuis le début et que vous vous interdisez de prononcer, de crainte qu'il n'éveille ma suspicion ?

– Non, je pensais plutôt à « salopes » qu'à « putes ».

À ces mots, George songe à cette phrase – « *Ce que je veux, c'est débarrasser les rues de toutes ces salopes* » – dans la première lettre qu'il a reçue :

– Dans ce cas, pourquoi ne pas l'avoir prononcé ?

– Parce que nous sommes à Heaton, pas à Lumb Lane. De plus, si je parlais de « salopes », je ne dirais pas « inspecteur », mais « connard ».

– Faites attention, Mr Witcliffe.

– C'est à vous de faire attention : il ne vous reste qu'une question et j'ai promis à mon fils de réparer son tricycle. Alors, que voulez-vous savoir sur ce billet ?

– Tout compte fait, je préférerais savoir si vous avez un marteau à pannes rondes.

– J'en ai un. De quoi voulez-vous parler ? De sa marque ? De son prix ?

– Puis-je voir ce marteau, s'il vous plaît ?

– Il est derrière vous.

George se retourne aussitôt, trahissant son obsession. Panneau fixé au mur et constellé de clous, auxquels pendent des tournevis, des cruciformes, des pinces… et un marteau à pannes rondes, au manche rouge et noir. Il range le carnet, ôte ses Ray Ban, les accroche à son col. Il saisit l'outil, qu'il détaille avec soin :

– Il est comme neuf.

– Je m'en sers peu.

– Vous en êtes-vous servi récemment ?

– Vous voulez dire le 5 avril, le jour où a été tuée Josephine Baxter ?

– Vous connaissez bien l'affaire, Mr Witcliffe.

– Je lis la presse, comme tout le monde.

George feint d'examiner de plus près les pannes, pour en fait les sentir. Aucune odeur de javel, mais un marteau propre. Étonnamment propre.

– Allez, inspecteur, dites-le.

– Quoi ?

– Dites que je l'ai nettoyé pour faire disparaître le sang de mes victimes.

– C'est à vous de me le dire.

– Allons, si j'étais « L'Éventreur », pensez-vous que je vous cracherais le morceau, comme ça ? Ce ne serait pas logique.

– En trente ans de carrière, j'en ai vu, des attitudes qui défient toute logique.

– Comme un policier qui soupçonne un honnête citoyen ?

– Comme un tueur qui écrit à celui qui le traque.

Witcliffe n'a pour seule manifestation qu'un rictus, encore. George raccroche le marteau, lequel se balance à son clou. Il le stabilise de l'index et se tourne vers sa cible, toujours sereine. Instant zéro. Tandis qu'ils se fixent, du transistor leur parviennent les premières notes de *Roxanne*. Witcliffe s'exclame :

– Tiens, c'est marrant ! Vous êtes policier, vous enquêtez sur un tueur de prostituées et la radio passe une chanson de Police, qui parle justement d'une prostituée.

– Et ces femmes assassinées, vous trouvez ça marrant ?

– Bien sûr que non, inspecteur. Moi aussi, j'ai une femme et j'ai peur pour elle.

« Moi aussi », se répète George, hanté par Kathryn. Ne pas craquer. Surtout pas. Pas maintenant. « Moi aussi », se dit-il encore, avant de songer à cette autre phrase, « Je lis la presse ». « S'il sait pour Baxter, il sait pour Kat. » Les journaux du Nord en ont fait leurs choux gras, même le *Mirror* et ce bâtard de Vaughn. George se ressaisit :

– J'aimerais m'entretenir avec votre épouse.

– Elle dort encore. Elle est infirmière de nuit et ne se lèvera que dans trois heures.

– Je peux attendre.

– Vous pourrez l'interroger lors d'une visite officielle, cette fois. Avant de repartir, voulez-vous fouiller le coffre pour voir si j'y ai caché ma nouvelle victime ?

– Une autre fois, répond sèchement George.

– Dans ce cas, il ne me reste plus qu'à vous raccompagner.

– C'est inutile.

– Comme vous voudrez. Au revoir, inspecteur.

Fin de la confrontation, au son de *Roxanne* et « Put on the red liiiight ! », son refrain entêtant. George le fixe trois secondes, au terme desquelles il remet ses Ray Ban. Nullement gêné par son reflet, Witcliffe lui tend sa main droite, que George ignore. Les mâchoires serrées, il sort du garage et traverse le jardin, songeant à cette question que Mark lui avait posée : « Vous pensez toujours qu'*il* est de Leeds ou d'ici ? »

– Inspecteur !

Il s'arrête, soupire lourdement, puis se retourne. À l'entrée du garage, Witcliffe et son marteau, en ultime provocation. George, bouillant de rage :

– Oui ?

– J’espère sincèrement que vous arrêterez « L’Éventreur ».

– Comptez sur moi.

31

17 juin 1979

Bureau de Walter, Wakefield.

– C'EST LUI !

– George, tu n'as aucune preuve !

– LES VOILÀ ! dit-il en jetant son dossier, tout y est ! Sa Ford, son marteau, sa pointure, tout !

– Tu m'as dit toi-même qu'il n'était pas le seul à…

Survolté, George feuillette son dossier et pointe la page où il a retranscrit le texte de la portière :

– ET ÇA ?

– C'est un frimeur, c'est tout. Mon voisin a collé un sticker « ROAD KILLER » à l'arrière de sa Porsche et ça ne fait pas de lui un tueur !

– Walt, si tu l'avais vu… si tu l'avais entendu !

– Oui, mais je n'étais pas là, car je n'avais rien à foutre chez lui ! Comme toi !

– Et j'aurais dû faire quoi ? Rester chez moi, tranquille ?

– Non, me prévenir ! J'avais dit aucune initiative perso !

Leurs éclats de voix ébranlent le C.I.D., dont les membres s'agglutinent devant la vitre. Walter quitte son fauteuil et s'en va tirer la ficelle du store, renvoyant ses hommes à leurs bureaux. Il revient s'asseoir, lourdement :

– Witcliffe a été interrogé quatre fois durant plusieurs heures et a toujours été mis hors de cause. Et toi, en un quart d'heure, tu trouves la vérité !

– C'est pas de ma faute si les gars de Millgarth et Manningham ont mal fait leur boulot. Souviens-toi de McCrane et du « voleur de sac » !

– Mmh. En admettant que tu aies raison, tu as eu tort d'aller voir Witcliffe ! S'il est l'assassin, il se sait maintenant soupçonné et brouillera davantage les pistes !

– NON, CAR JE L'AURAI AVANT !

– Mais tu t'entends parler ? On dirait Bronson ! hurle Walter...

... avant d'ouvrir l'un de ses tiroirs. Il en sort un document dactylographié, qu'il plaque sur le bureau :

– Regarde où nous mènent tes conneries ! Witcliffe a porté plainte contre toi pour harcèlement !

– Hein ? L'enfoiré ! Il n'a pas perdu son temps !

– Tu croyais quoi ? Qu'il attendrait que tu reviennes lui mettre la pression devant sa femme et ses gosses ?

– Il ment ! Je n'ai jamais fait ça !

– Peut-être, mais tu en as quand même trop fait ! Je reviens du Home Office, Whitelaw m'a pourri toute la matinée !

– Tout ça, c'est politique et tu le sais !

Walter le considère d'un air affligé, hoche horizontalement la tête. Il s'enfonce dans son fauteuil :

– George, tu mélanges tout. Ça me fait mal de dire ça, mais j'ai peut-être eu tort d'insister pour que tu reviennes. Depuis Kathryn...

– Ne la mêle pas à ça ! Ça n'a rien à voir !

– Mais regarde-toi ! Tu ressembles à un zombie !

– Je te rappelle que j'ai bossé deux mois comme un dingue !

– Je sais et tu as assuré. Maintenant, rentre chez toi, lave-toi et arrête tes médocs ! Le *Mirror* et les autres te surnomment « Knox-out » !

– Je vois, Walt : d'abord, tu doutes de moi, ensuite tu défends Witcliffe et là, tu crois ces chiens de journalistes. Mais je ne suis pas K.-O. et je vais te le prouver !

– George, ne t'avise pas de revoir Witcliffe.

– Tu me menaces ?

Walter fait pivoter son fauteuil vers sa fenêtre. Les paupières closes, il joint ses mains et attend douloureusement que George sorte… ce qu'il fait en claquant la porte.

Trois jours plus tard, une enveloppe kraft parvient au Ripper Investigation Office, adressée à l'attention de George. À l'intérieur, une cassette audio.

32

20 juin 1979

Ripper Investigation Office, Wakefield.

« C'est moi, Jack. Pas de chance, vous m'avez pas encore attrapé. On dirait que tes gars t'laissent tomber, George. Sûrement qu'tu peux mieux faire. J'avais dit en mars que j'frapperais encore à Bradford, j'sais pas très bien quand j'vais recommencer. En tout cas, sûrement avant la fin de l'année, peut-être en septembre ou octobre... plus tôt, si j'ai l'occasion. J'ai pas décidé où, Manchester peut-être. J'aime bien l'endroit, car il y en a beaucoup qui traînent par là. Elles comprendront jamais, tu crois pas, George ? Bon, content d't'avoir parlé. Bien sincèrement, Jack L'Éventreur ».

À l'enregistrement succède le sirupeux *Thank You For Being a Friend*, un tube du moment. Cette ironie glace davantage l'atmosphère de la pièce où sont attablés Walter, George, Mark, Caine et le quatuor de Leeds-Bradford-Huddersfield-Halifax (Rubin, Hagman, Davidson et Robards). Quant à Powell, il a été retenu à Manchester où il enquête sur la mort d'un bookmaker. Officiellement, car il assiste en réalité au match de cricket qui oppose le pays à la Nouvelle-Zélande. Après avoir vaincu le Pakistan, l'Angleterre est en route vers la finale. Walter y croit, George continue de s'en foutre.

Sur la chaise de Powell trône Herbert Windsor, maître de conférences au département Linguistique et Phonétique de l'université de Leeds. Le Dr Greenhill l'a recommandé à Caine, qui est allé l'arracher à son club de golf. Une aubaine pour Windsor, en train de perdre contre son gendre. La soixantaine élégante, la moustache arquée et le pantalon de golf bouffant, cet expert en dialectes locaux n'a pas quitté George des yeux depuis son arrivée. Impressionné, comme les autres, par la fragilité de celui qu'on lui avait dépeint comme un ténor du C.I.D.

Walter arrête le magnétophone et, du regard, demande à George s'il a reconnu la voix de Witcliffe. Caché derrière ses Ray Ban, celui-ci hoche un « non ». Walter allume une cigarette, puis s'adresse à Windsor :

– Alors ?

– La voix possède un accent du Nord-Est particulièrement prononcé. Pouvez-vous repasser la bande, s'il vous plaît ?

Walter enclenche l'une des touches du magnétophone. La cassette se rembobine dans un silence funèbre jusqu'au « clac ! », qui fait sursauter Mark. Caine s'en amuse, mais ne dit rien. George aussi est muet, mais pour d'autres raisons. Un deuil dont tous sont au courant et qu'ils feignent d'ignorer. Depuis son retour, c'est la première fois que lui et Caine se retrouvent dans la même pièce. Tension plus que palpable, entre indifférence réciproque et conflit latent. Walter rappuie sur *play* et rétracte aussitôt sa main, comme s'il redoutait d'être happé par la voix.

« C'est moi, Jack… »

Plus que les autres, George subit à nouveau la bande magnétique. Mot après mot, la voix s'enfonce dans sa chair, la tatouant de sa perversité indélébile. Il récupère son stylo, qu'il tripote nerveusement des deux mains.

« … bien sincèrement, Jack L'Éventreur ».

Walter stoppe la cassette, au soulagement de tous. Surtout de Rubin, dont les mains sont toujours cramponnées à la table. Lui aussi en a pris un coup depuis le retour de « L'Éventreur ». Une affaire de cette ampleur, tant sur le plan criminel que sur celui de la durée, Rubin n'en avait jamais vu. Tout compte fait, les autres non plus, comme en témoigne la pâleur de Hagman et de Davidson.

Mark, de son côté, paraît un peu plus détaché. La cassette, il ne l'a pas réécoutée. Non, il a fumé en observant George qu'il n'avait pas revu depuis l'île et qu'il ne reconnaît plus. Clochardisé avec sa barbe sale, sa maigreur flagrante et ses mains tremblantes. Quant à sa stature, jadis imposante, elle le dessert aujourd'hui en intensifiant sa vulnérabilité.

Tous les yeux convergent vers Windsor, dont ils guettent l'avis professionnel. L'expert lisse sa moustache, avant de déclarer :

– C'est bien ce que je pensais : l'accent est typique de la région du Wearside.

– Est-il possible que la voix ait été trafiquée ?

– Non, je suis formel : l'accent est celui du Wear-side, plus précisément Castletown, un patelin dans la banlieue de Sunderland.

– Sunderland, répète Walter, là où ont été postées la cassette et les lettres.

Il se tourne vers George qui l'ignore, concentré sur son stylo. Ailleurs, quelque part sur un capuchon bleu en plastique à l'extrémité mordillée. Walter tire sur sa cigarette, Mark écrase la sienne :

– Je la trouve trop évidente, la piste de Sunderland.

– Vous dites ça pour soutenir l'inspecteur Knox ? lui lance Davidson.

– Je le dis parce que je le pense.

– Comme vous pensiez que le tueur était de « la maison »...

– Ça fait plus d'un an qu'on cherche à Sunderland et on n'a rien ! Rien du tout ! Cette piste est aussi infondée que celle de Manchester !

– Bref, dit Rubin, vous suspectez vous aussi Witcliffe ?

Mark regarde George, baisse les yeux, puis croise le regard de Rubin. Ses lèvres s'entrouvrent timidement :

– Disons que...

– Vous le croyez coupable ou pas ?

– Non. (Puis à George :) Désolé mais... il est autant suspect que les autres... vous dites vous-même que si vous avez fait des dossiers sur eux, ce n'est pas pour rien.

Digne, George repose son stylo et croise ses bras. Tête baissée, self-control et paupières closes derrière ses Ray Ban. Walter tire sur sa cigarette :

– Mr Windsor, êtes-vous certain que la voix est…

– Je vous rappelle que je suis expert, c'est pour ça que vous m'avez sollicité !

– Nous vous sommes tous reconnaissants d'être venu et nous ne remettons pas en cause vos compétences. Comprenez simplement que…

– Je sais ce que je dis : l'homme qui parle sur cette bande a l'accent de Castletown !

– Bien, répond Walter, George ?

Tous se tournent vers lui, immobile. George expire et, au terme de six secondes, relève lentement la tête :

– Witcliffe a pu aller à Sunderland pour poster la cassette et les lettres. Quant à la voix, puisqu'elle est authentique, il n'y a qu'une explication : il a un complice.

– C'est du délire ! s'exclame Hagman, de mieux en mieux !

– Je ne dis pas qu'on l'a aidé à tuer, mais qu'il a peut-être eu recours à un tiers pour enregistrer cette cassette. Walt, tu as dit que la salive sur les timbres était du groupe B. Laisse-moi faire une prise de sang à Witcliffe et tu l'auras, ta preuve !

– Pour qu'il nous traîne au tribunal ? Ça ne te suffit pas que le *Post* et les autres prennent sa défense ?

Silence général, visages en berne, regard compatissant de Mark envers George. La scène inspire à Caine une idée pour son roman, qu'il note discrètement sur son carnet. Walter se ressaisit :

– Messieurs… hum… désolé, je suis un peu à cran.

– Nous le sommes tous, dit Rubin avant de se tourner vers George, je ne demande qu'à vous croire, je travaille avec vous depuis trois ans et je sais que vous êtes un bon flic, mais les faits sont contre vous : il nous faut chercher à Castletown.

– Alors, enchaîne Walter, voyez si les suspects là-bas et à Sunderland sont du groupe B. Davidson, triplez les tirages de nos affiches.

– Ça va être dur, soupire l'intéressé.

– Pourquoi ?

– Avec les coupes budgétaires, on a du mal à…

– C'est la crise pour tout le monde, alors débrouillez-vous.

– Comme d'hab', quoi…

– Hagman, arrangez-vous pour que notre ligne et les radios du Nord diffusent la cassette. Je veux que tout le pays entende la voix de ce salaud.

– Ça va envenimer les choses, intervient George, le standard va encore exploser.

– Je prends le risque. Nous n'allons pas rester là, à attendre. Burstyn, prévenez le Castletown Police Station qu'on leur envoie nos gars.

Mark acquiesce en mordillant sa lèvre inférieure. Il aimerait regarder George, lui témoigner son soutien, mais n'ose le faire. Intimidé comme au premier jour, face à ses verres argentés. Walter avale une gorgée d'eau, puis s'adresse à Caine :

– Quant à vous, relayez la presse et étendez les stands d'information au Wearside.

– Mmh.

– Caine, vous n'avez pas parlé depuis votre arrivée. Vous n'avez rien à dire ?

– Non. Ah, si ! Cette chanson après la bande, c'est vraiment de la merde.

Colère de George.

Fracture du nez de Caine.

Désolation de Mark.

Affectation de vingt inspecteurs et cent officiers à Castletown.

Diffusion de la cassette sur les ondes…

33

Fin juillet 1979

… et explosion du standard téléphonique du R.I.O., avec plus de 50 000 appels. Une frénésie sans précédent relayée tous les jours par les quotidiens du Nord-Est, qui publient la page suivante :

HELP US CATCH THE RIPPER

HAVE YOU HEARD THE TAPE ?

If you haven't, ring the nearest of the following telephone numbers:

Ripper Investigation Office : 3838

Leeds : (532) 464111

Bradford : (0274) 36511

Manchester : (061) 246 6060

DO ANY OF THESE QUESTIONS DESCRIBE SOMEONE YOU KNOW ?

Has a Wearside accent ?

Is physically fit and reasonably strong ?

Travels between or has connections in the Yorkshire and Sunderland areas ?

Perhaps shows disgust of low moral standards ?

Is a manual worker or has access to tools ?

Possibly lives alone or with aged parents ?

Is prone to sudden outbursts of emotion ?

Owns a car of his own or has access to one ?

Sometimes stays out late at night ?

BUT DON'T DISCOUNT ANY SUSPICIONS BECAUSE OF THE QUESTIONS. IF YOU HAVE ANY DOUBTS AT ALL, CONTACT THE POLICE AND HELP CATCH THE RIPPER

34

18 août 1979

Queen's Road, Bradford.

Pour lutter contre l'inflation, Thatcher a annoncé la réduction imminente du taux d'imposition, la fin du contrôle des changes et de futures privatisations. Celles-ci, censées diminuer les dépenses de l'État, se sont aussitôt attiré les foudres des travailleurs. Imperturbable, « la Dame de fer » y a répondu en promettant des lois destinées à limiter leur pouvoir : face aux caméras, elle s'est engagée à interdire les grèves de solidarité et à rendre les syndicats juridiquement responsables des dégâts.

Par ailleurs, elle a confirmé sa volonté de vouloir en finir avec l'assistanat, pour privilégier les aides envers les « vrais nécessiteux », ceux qui ont vraiment – mais alors, vraiment – faim. Bref, une thérapie de choc dont personne ne sait si elle sera bénéfique au pays. Une révolution symptomatique d'un monde qui change et qui change vite, entraînant le Royaume-Uni dans sa tourmente.

Sale temps pour tous.

Sale temps pour l'Empire qui, après avoir perdu l'année dernière « ses » îles Tuvalu, voit celles de Kiribati devenir indépendantes. Sale temps pour l'Angleterre, humiliée par les Indes occidentales qui ont encore remporté la Coupe du monde de cricket. Sale temps pour l'Église, dépassée par la naissance du premier bébé-éprouvette. Sale temps pour George qui, exclu du R.I.O., a été dessaisi de l'enquête.

Mark ? Il revient justement de York, où il s'était rendu dans l'espoir de voir George. Son texte, Mark l'a répété cent fois : « Je suis désolé », « J'aurais dû vous défendre ». En vain puisque, aujourd'hui encore, il ne l'a pas vu. Porte close, maison vide, voisins curieux. Injoignable, George est aussi introuvable depuis plus d'un mois. Ni Mark, ni Walter, ni la presse ne savent où il se trouve. Comme après le décès de son épouse.

C'est pourquoi Mark, inquiet, passe ses pauses déjeuner à le chercher. Au volant de sa Maxi verte, il sillonne les rues de York, de Leeds et d'ailleurs. Une recherche qui empiète parfois sur ses heures de service. Son chef l'ignore et, s'il le savait, ne dirait rien. Ça a du bon d'être inspecteur et Mark commence à y prendre goût. Sauf lorsqu'il se rend sur une scène de crime.

Pour l'heure, il traverse la ville à bord de sa Maxi, dédiée à sa culture : rhythm & blues dans l'autoradio, porte-clefs Small Faces, sticker The Kinks, amphét' dans la boîte à gants… Mod dans l'âme, Mark a échappé au rock, au punk et au disco. À quoi bon changer ? Le rock s'est embourgeoisé, le punk a été récupéré et le disco commence déjà à mourir, alors il se dit qu'il a bien fait de rester connecté aux sixties. Et encore s'il s'était écouté, il irait bosser en Vespa comme Jimmy de *Quadrophenia*, l'opéra rock brumeux des Who : une quête identitaire, doublée d'un hommage à l'adolescence et ses tourments. Le film sort en janvier et Mark a hâte. La musique, la défonce, le cul, tout ça le sort de son boulot, vers lequel il fait route sans entrain.

Il tourne d'un coup sec le volant, faisant glissssssser sa barquette de *fish and chips* sur le tableau de bord. Il l'intercepte de la main gauche et s'engage sur Canal Road, en songeant à George.

« Et s'il s'était suicidé ? »

Mark resserre ses doigts sur le volant, refusant cette hypothèse. Certes, il le connaît peu, mais il sait une chose : George n'est pas de ceux qui abandonnent. « S'il avait voulu en finir, il l'aurait fait après la mort de sa femme, se dit-il, et puis, il est revenu et a repris l'enquête à zéro. » Seul, après un deuil. Non, on ne se surpasse pas autant pour finalement jeter l'éponge. Feu rouge. Frein. Attente. À gauche, un bus où des écoliers lui font des grimaces. À droite, une belle rousse sur sa bicyclette. Échange de regards. Séduction, tentation, fellation ? Non, feu vert. Le bus vrombit, les laissant tous deux sur place. Mark sourit à la rousse, qui feint d'être gênée et se remet à pédaler. S'il n'était pas en retard, il la suivrait pour l'intercepter plus loin et lui proposer une Guinness. Amer, il redémarre et dépasse un autre camion, puis une Rover en stationnement. Grise, comme celle de…

Mark freine, renversant son *fish and chips* sur le siège passager. Il se gare à la va-vite, sort de sa voiture et court jusqu'à la Rover. À mesure qu'il s'en approche, son sourire traduit ses pensées : George, ici ? Alors qu'il était prêt à retourner le chercher en Écosse ? Alors qu'il le croyait suicidé ? Il arrive devant la vitre ouverte et découvre George en train de ronfler, la joue écrasée contre le volant. À ses pieds, ses Ray Ban, des miettes et de la cellophane froissée. À côté de lui, des cachets collés à une grande auréole de café échappée d'un thermos ouvert. Sur la banquette arrière, un appareil photo et son carnet, noirci d'horaires et de notes illisibles.

– George ?

Celui-ci marmonne quelque chose en fronçant les sourcils. Mark s'approche et se heurte à une forte odeur de transpiration, celle d'un homme qui vit désormais dans sa voiture. Il hésite, puis se décide à lui tapoter l'épaule :

– George !

– Mmh... (Et se réveillant en sursaut :) OH ! NON MAIS... MARK ?

Celui-ci ne répond pas, stupéfait par son dépérissement. Yeux cernés, pâleur cadavérique, visage creusé et toujours cette horrible barbe qui, désormais, côtoie son sternum. Oui, finalement, George s'est bel et bien suicidé. À petit feu. De solitaire, il est devenu esseulé, puis exclu et enfin marginal. Il se frotte les paupières, se retourne pour scruter le trottoir d'en face. Il regarde avec une insistance entrecoupée de tics et de contractions nerveuses. Mark le fixe, effaré.

– Je... je suis content de te voir.

– MOI PAS ! et se tournant vers lui, QU'EST-CE QUE TU FOUS LÀ ?

– Je te cherche depuis un mois, je m'inquiétais. Et toi ?

– J'attends, répond froidement George.

– Tu attends quoi ?

De sa main tremblante, George lui indique le trottoir d'en face, où figure l'enseigne de la Sun & Clark Society.

– George, je ne comprends pas.

– Witcliffe bosse ici. Tu le saurais si tu avais lu mon dossier.

– Tu… tu le surveilles ? Mais depuis quand… ?

– Je ne sais pas, je m'en fous. Maintenant, tire-toi !

– George, tu n'as pas le droit ! Si Walter l'apprend…

– IL N'EN SAURA RIEN, SI TU FERMES TA GUEULE !

Mark est pétrifié par ce discours d'illuminé. Il baisse les yeux, extrait son paquet de Dunhill de sa poche… il lui échappe. Il le ramasse et allume une cigarette, à la troisième tentative. George récupère son thermos qu'il découvre vide, râlant contre son siège taché. Mark fume en assistant à sa colère, qui serait ridicule si elle ne découlait pas d'une succession d'injustices.

– George, tu ne peux pas passer tes journées ici !

– Que veux-tu que je fasse d'autre ? On m'a retiré l'enquête ! Mais je serai là, quand Witcliffe ira s'en faire « une autre » ! Walt veut des preuves, il va en avoir !

– Tout ça va encore se retourner contre toi !

– Surtout si tu me lâches, comme la dernière fois ! Je te croyais avec moi !

– Mais je suis de ton côté ! Je veux t'aider, George !

– Alors, trouve-moi l'adresse d'Ayers ! Entre-temps, elle a quitté Bradford !

– Pourquoi veux-tu la revoir ?

– TROUVE-MOI SA PUTAIN D'ADRESSE ET C'EST TOUT !

George remonte sa vitre, séparant leurs regards. Mark le fixe à travers le mur de verre et, le voyant remettre ses Ray Ban, l'abandonne à sa déchéance. Tandis qu'il regagne sa voiture, son œil droit cligne une fois, puis deux, et libère une larme.

35

21 septembre 1979

Millgarth Police Station, Leeds.

– West Yorkshire Police Station, à votre service !
– C'est Caine, je veux parler à Bellamy.
– Ne quittez pas, inspecteur.

– Du nouveau ? demande sèchement Walter.
– Non. On a interrogé plus de deux mille gars, et toujours rien. De toute façon, où qu'on soit, les gens ne nous parlent que de la mort du vieux [1]…
– Et vous appelez pour me dire ça ?
– Non, je viens d'avoir l'expert au téléphone. Il m'a fait part de ses doutes, quant à nos recherches dans le Nord-Est.
– De quoi il se mêle, celui-là ? Et puis, il faudrait savoir ce qu'il veut !
– Il reste formel sur l'accent, mais je dois dire que, moi aussi, je commence à douter que « L'Éventreur » habite Casteltown. Les lettres, la cassette… tout ça

1. Le 27 août, un attentat perpétré par l'I.R.A. a causé la mort de lord Mountbatten, oncle de la Reine, et de son petit-fils, en Ulster.

ressemble à un canular. J'en ai parlé avec Burstyn, il pense comme moi.

– Vous n'allez pas vous y mettre, vous aussi !

– Écoutez, c'est vrai que ça ne m'enchante pas de dire ça, mais... peut-être que, finalement, Knox avait raison.

– Si on m'avait dit que vous prendriez sa défense ! Au fait, votre nez va mieux ?

– Oui. Je pourrai me moucher, cet hiver. À part ça, vous pensez toujours qu'*il* crèche à Sunderland ?

– Je ne sais pas, je ne sais plus grand-chose... je vous laisse, Caine.

Trois jours plus tard, sur ordre du Home Office, une nouvelle campagne d'affichage est lancée à Leeds, Bradford, Manchester, Huddersfield et Halifax. Sur les murs, le portrait-robot associé pour la première fois aux deux nouvelles lettres :

HELP US STOP THE RIPPER FROM KILLING AGAIN. LOOK AT HIS FACE

LOOK AT HIS HANDWRITING LISTEN TO HIS VOICE, PHONE THE R.I.O. 3838

IF YOU RECOGNISE EITHER, REPORT IT TO YOUR LOCAL POLICE.

Judicieuse, cette initiative ne rassure nullement les femmes du Nord, toujours soumises au couvre-feu. Quant à la presse, elle critique cette action qui, selon elle, confirme un peu plus la déroute des autorités. En définitive, les seuls à approuver ces affiches sont les membres du R.I.O… toujours sommés par Walter de poursuivre leurs recherches dans le Wearside.

36

26 septembre 1979

401 Cypress Street, Manchester.

… Wilma McCrane… Kat… Emily Oldson… Kat… Irene Richards… Kat… Tina Wilson… Kat… Jayne Temple… Kat… Janice Jordan… Kat… Helen Hicks… Kat… Yvonne Parsons… Kat… Josephine Baxter… Kat… Maureen Ayers, qui avait dit qu'elle ne regagnerait pas sa ville natale, car « il n'y avait rien, là-bas ». Ce rien a depuis empiré sans pour autant affaiblir Manchester l'historique, berceau de la Révolution industrielle. Manchester, la survivante, jadis bombardée par la *Luftwaffe*. Manchester, la battante, qui soigne sa crise du charbon en s'orientant vers le tertiaire. Historique, survivante et battante : des qualités dont se fout la jeunesse locale, plus préoccupée par la recherche d'un job ou d'une dose.

Et pourtant, Ayers est bien retournée à Manchester. Depuis quatre mois, elle occupe une chambre – la première qu'elle ne paie pas avec son corps – au deuxième étage du Mental Health Center. Elle y a été placée après sa troisième tentative de suicide, jamais remise d'avoir été agressée par « L'Éventreur ». Alors, le 3 mai dernier à 11 h 42, après s'être auparavant essayée aux barbituriques et au rasoir, elle est montée sur le toit de son immeuble. Cette initiative d'une microseconde lui a valu de multiples fractures, une compression de la cage thoracique, l'éclatement de la rate et une rééducation autant physique que mentale.

Si George sait tout ça, c'est grâce à Mark.

Durant un mois, il a inspecté les pubs, questionné les « filles » de Bradford et les services sociaux de la région. Ce sont eux qui l'ont renseigné, mais il n'a rien dit à Walter. Ni sur la déchéance de son ami, ni sur son obsession. Il a failli mais, convaincu que George ne survivrait pas à une énième sanction, n'a rien révélé. À personne. Après lui avoir donné l'adresse d'Ayers, il l'a mis en garde contre ses cachets et George a dit « T'inquiète pas ». Les mots de Mark signifiaient en fait « J'ai peur » et ceux de George « J'en ai besoin ». Subtilité des échanges en milieu conflictuel : deux mille ans d'évolution et d'acquisition de la parole pour arriver à des non-dits et des mensonges.

« Un fiasco », se dit George, à l'image de ce qu'il est devenu : aujourd'hui âgé de cinquante-six ans, il en paraît quinze de plus et a perdu dix-huit kilos. Quant à sa réputation, elle est oubliée malgré ses trois décennies d'exemplarité au sein de la Crim'. Tout ça n'aura servi à rien, comme la création du R.I.O. Un gâchis semblable à ce que l'on appelle « la vie », qui n'a de sens réel que dans son accomplissement vers la mort. La mort qui lui a arraché Kathryn, il y a bientôt un an. La mort qui a pris McCrane et les autres. Sans compter ceux qui, chaque jour, depuis que le monde est monde et que l'homme tue l'homme, crèvent la gueule ouverte.

Oui, c'est aussi triste que nul à dire, mais la vie est dégueulasse. George l'a compris dès son enfance, passée dans les bas-fonds de Londres entre un père alcoolo et une mère effacée. Sa conception de la vie s'est ensuite confirmée avec la guerre et ses horreurs qui, depuis, ont été relayées par celles de son métier. Alors oui, il déteste la vie, mais il hait davantage les criminels qui la souillent impunément. Il y a une dizaine d'années, Walter lui avait demandé ce qui le faisait rester au C.I.D. et il avait répondu « faire chier les cons ». Cette idée l'anime encore aujourd'hui, d'autant que, depuis la mort de Kathryn, son existence a un nouveau sens : Witcliffe.

Hanté par leur rencontre, George est venu ici pour faire écouter la cassette à Ayers. Et surtout, lui montrer ses photos de Witcliffe – prises à son insu – dans l'espoir qu'elle y reconnaisse le visage de « Jim ». Des photos qui, pour George, coïncident avec les portraits-robots. Et tant pis si, la nuit dernière sur le parking du Haigy's, Mark a prétendu le contraire. Il lui a dit aussi que les recherches à Sunderland étaient plus difficiles depuis l'arrivée des touristes, et que Caine ne croyait plus à la piste du Nord-Est. Ça a fait sourire George, comme il le faisait parfois. Avant.

Il est donc venu à Manchester, au risque d'être reconnu par un flic ou l'un des pigistes du *Mirror*, à quelques rues d'ici. George a songé à casser la gueule de Vaughn, qui l'a baptisé « inspector Knox-out ». Or, il n'a pas le temps de régler ses comptes, juste celui de réinterroger Maureen et d'apporter son témoignage à Walter. Périlleux, mais faisable, puisque personne ne l'a identifié depuis son arrivée. Méconnaissable, avec sa barbe et sans ses Ray Ban, devenues trop célèbres. La brune de l'accueil détaille son apparence négligée, puis lui demande en tripotant son collier :

– Comment dites-vous, monsieur ?

– Ayers. A-Y-E-R-S.

– Vous êtes un parent ?

– Son oncle.

Elle feuillette le registre, lui révélant son décolleté. George y reste insensible, après quoi la jeune femme déclare :

– À l'heure qu'il est, Mlle Ayers doit être avec les autres.

– Où ça ?

– Dans le parc. Voyez avec mon collègue, sous le porche.

Son sac sur le dos, il traverse le couloir où flânent des fantômes en pyjama. L'un d'eux, un adolescent, chuchote à un extincteur. George presse le pas, agressé par cette atmosphère malsaine, qui culmine dans une pièce voisine. Assis en demi-cercle, d'autres patients sont hypnotisés par un *cartoon*, diffusé par un téléviseur grillagé.

George s'oriente vers la porte et sort, enfin. Air frais, trop sans doute, mais tellement salutaire après ce parfum de folie ambiante. Immense parc verdoyant, haies entretenues, ciel étonnamment bleu en cette fin septembre et usines, au loin. Toujours. Sous le porche, un interne affublé de favoris bruns fume une cigarette. George s'approche de lui, misant une fois de plus sur son anonymat :

– Bonjour, je viens voir Maureen Ayers.

– Ah, et lui indiquant un banc, elle est là-bas.

George regarde au loin et distingue une silhouette (*exaltation*) vêtue de blanc. Il s'apprête à la rejoindre, lorsque l'interne lui demande :

– Je ne vous ai jamais vu ici. C'est la première fois que vous venez ?

– Oui.

– Alors, parlez-lui lentement.

George acquiesce et (*exaltation*) traverse (*palpitations*) vers le parc. Il foule la pelouse dans l'indifférence des pensionnaires. Certains jouent à cache-cache, d'autres scrutent le ciel ou ne font rien. Sur son trajet, il croise une octogénaire en robe de chambre. Elle ne le voit pas, trop occupée à converser avec sa pathologie. Au fil des pas, il reconnaît Maureen, puis sa nouvelle coupe de « garçonne ». Son visage réactive en lui leur rencontre au Swan Hospital. Tout lui revient (*exaltation*) à commencer par ce « Jim » (*palpitations*) qu'il est depuis persuadé d'avoir rencontré (*tachycardie*). Encore une crise. Trop fréquentes. Trop de café. Trop de stress. La main sur le cœur, il s'adosse contre un vieil hêtre pour reprendre sa respiration.

– Vous allez vous faire gronder ! intervient…

… un vieillard, flottant dans son pyjama dépareillé. George le fixe, descend son regard jusqu'à son entrecuisse jauni, revient aux yeux du vieil homme :

– Comment ?

– Vous allez vous faire gronder, vous n'avez pas mis votre tenue.

– Je… je ne suis pas un pensionnaire.

– Moi non plus, sourit le vieux.

Il lui tapote l'épaule d'une main arthritique. Répulsion de George, qui se remet en chemin d'un pas rapide. Il évite deux autres patients et arrive enfin au banc.

Voûtée, Maureen semble avoir toujours été là, sculptée dans un bois âgé aujourd'hui de trente et un ans. Si la vulnérabilité était une femme, ce serait elle. Une femme-enfant qui, les mains sous ses cuisses, contemple ses chaussons à carreaux jaune et marron.

– Bonjour, dit-il enfin.

Maureen marque un temps, puis relève la tête. Regard vide, mélange de calmants et de vie ratée. Ses cheveux courts, sa pâleur et sa maigreur l'intronisent clone de Mia Farrow, dans la dernière bobine de *Rosemary's Baby*.

– Bonjour, monsieur.

– Vous me reconnaissez ?

– Non.

– Je suis l'inspecteur Knox, nous nous sommes rencontrés il y a deux ans.

– On avait baisé ?

– Hum… non. Je peux m'asseoir ?

Elle hésite, puis soulève ses cuisses pour libérer ses mains et se décale sur la droite. George découvre ses poignets mortifiés – self-control – et s'assoit à côté de Maureen dont il se sent proche, pour la première fois. Sexes opposés, âges différents, existences incomparables… tout les oppose et pourtant, les voilà réunis aujourd'hui dans une même néantisation.

Une deuxième seconde s'écoule, durant laquelle leur fragilité commune le touche, puis l'oppresse. Car Maureen a dans ses yeux ce « quelque chose » des gens malheureux qui irrite et donne envie de les gifler, voire de les tuer. Cette pulsion de mort, George la sent épaissir son sang au point d'en alourdir tout son être, fortifié d'une haine majuscule.

Troisième seconde, et son intellect fait passer Maureen du statut de victime à celui de « sale pute depuis toujours vouée à l'échec ». Lui, le superflic individualiste, solidaire d'Ayers ? Plutôt crever que d'être sensible au sort d'un tel parasite. Il fixe Maureen – absorbée par ses chaussons – et se l'approprie symboliquement, pour la manipuler comme un Rubik's Cube. Ses pupilles se dilatent en proie aux pensées ultraviolentes d'une humanité qui, depuis toujours, s'acharne en vain à renier son animalité. Maureen dépecée, écartelée, broyée, enculée jusqu'à la gorge… autant de projections qui dopent sa rage intérieure et relancent sa tachycardie.

La quatrième seconde a raison de sa fureur, qui s'estompe telle une montgolfière défaillante. Métaphore grossière, mais qui convient à son cœur, usé par ses palpitations effrénées. D'une main, George presse son thorax et tente de se ressaisir. Sa lourde respiration détourne Maureen de ses chaussons :

– Vous, ça a pas l'air d'aller.

– Si, ça va… « Mo ».

– On m'a pas appelée comme ça depuis…, dit-elle dans un étonnement mou.

– Depuis notre rencontre, peut-être. À l'époque, je n'avais pas de barbe, mais un bouc. Vous aviez même précisé « en pointe ».

À ces mots, elle se tourne vers lui. George reconnaît alors ce regard qui avait identifié douloureusement le portrait-robot.

– Z'êtes le flic qu'avait chanté les Stones ?

– Non, c'était le détective Burstyn. Vous aviez parlé de *Star Wars* avec lui.

– Ah. Il paraît que la suite sort bientôt, la BBC dit qu'elle va être meilleure.

– Vous ne vous souvenez pas de mon collègue ? Un beau gosse, habillé sixties.

– Ça me revient... un peu.

– Si vous vous souvenez de lui et de mon « bouc en pointe », vous vous rappelez peut-être les raisons de notre rencontre il y a deux ans.

– Je... je veux pas en parler.

– Ça ne prendra que quelques minutes.

Elle baisse la tête et tend les jambes pour joindre ses pieds, quand un « ziiiip ! » la fait sursauter. Surprise, elle le voit sortir de son sac un magnétophone contenant une cassette. Pas celle qui lui a été envoyée, que Walter a évidemment refusé de lui remettre. Non, une cassette qu'il a achetée et sur laquelle il a enregistré la voix de « Jack », diffusée sur le 3838.

– « Mo », je sais que c'est dur pour vous, mais je dois vous faire écouter une bande.

– Hein ? J'comprends pas... et puis, j'ai pas envie.

– Dites-moi si vous reconnaissez la voix de « Jim ».

– Ah, non ! Pas lui ! Je ne...

Il appuie sur *play* et approche le magnétophone de Maureen, qui recule. George se rapproche d'elle. « C'est moi, Jack. Pas de chance, vous m'avez pas encore attrapé. On dirait que tes gars t'laissent tomber, George. Sûrement que tu peux mieux faire... » Maureen a d'abord une moue enfantine, avant de hocher la tête :

– Non, ça m'dit rien.

– Écoutez jusqu'au bout.

– Ça fait deux ans, c'est loin tout ça et...

– Chut ! Écoutez !

La bande défile, attirant l'attention d'un pensionnaire derrière une haie. Il cesse de se masturber et, la bite à l'air, se dirige vers eux. Un regard de George, un seul, et l'homme s'éloigne d'un pas craintif. Maureen s'en amuse, quand George augmente le volume : « … Elles comprendront jamais, tu crois pas, George ? Bon, content de t'avoir parlé. Bien sincèrement, Jack L'Éventreur ». Fin de l'enregistrement et impatience de George au regard insistant :

– Alors ?

– J'me souviens pas, ça fait deux ans.

– Pourtant, vous vous souveniez de mon confrère.

– Oui, mais… je sais pas… cette voix, ça me dit rien.

– Vous êtes sûre que ce n'est pas celle de Jim ? Je vais vous la faire réécouter !

– NON !

Son éclat de voix alerte l'interne, sous le porche. Suspicieux, il balade son regard dans les environs, repérant une Maureen visiblement agitée sur un banc. George le voit traverser l'herbe dans leur direction. Stress. « Vingt secondes maxi pour montrer les photos. » D'une main brutale, il fouille son sac et en sort une enveloppe kraft :

– D'accord, « Mo », oublions la cassette. À présent, dites-moi simplement si vous reconnaissez « Jim » sur ces photos !

– Allez-vous-en, monsieur !

– Juste une photo ! Vous êtes la seule personne qui puisse l'identifier !

Maureen refuse de la tête, il sort les photos, elle quitte le banc, il la retient par le bras et la confronte au visage de Witcliffe.

Plus tard, au C.I.D. de Manchester.

– Allô !

– Bonjour, je souhaiterais parler à Stanley Powell, s'il vous plaît.

– C'est lui-même. Qui êtes-vous ?

– Sergent Watkins, du poste de Chorlton-cum-Hardy. Je vous téléphone du Mental Health Center, où nous venons de neutraliser un dingue.

– Ce n'est pas ça qui manque, là-bas.

– Oui, mais il s'agit d'un visiteur. Il a cogné un interne et s'en est pris à une patiente. Mes gars et moi, on a mis dix minutes à le plaquer au sol, c'est dire.

– Tout ça est fort passionnant, sergent, mais en quoi ça me concerne ?

– Il dit qu'il vous connaît.

– Allons donc ! Je n'ai pourtant pas l'habitude de fréquenter de tels individus. Et comment s'appelle ce forcené ?

– Knox.

– KNOX ? GEORGE KNOX ?

– Oui, je me demandais s'il ne s'agissait pas du flic qui…

Clac !

37

Octobre 1979

Castletown / Sunderland (nord-est de l'Angleterre).

4 mois de recherches.
6 000 individus interrogés.
1 conclusion :

La cassette n'était en fait qu'un canular. C'est désormais ce que pense Walter, enfin rangé à l'argument de George et des autres. Enfin, mais trop tard. Beaucoup trop tard, son acharnement ayant dérouté l'enquête durant près de deux ans. Pour l'heure, nul ne sait si l'homme qui a envoyé la cassette est l'auteur des lettres.

De toute façon, Walter a bien autre chose à penser. Harcelé par Whitelaw et la presse qui réclame sa démission, il a de nouveau réuni les membres du R.I.O. Après trois heures de débats animés, approbation à l'unanimité de la poursuite du couvre-feu et de la reprise des investigations à Leeds ainsi qu'à Bradford. Dès le début du mois, toutes les polices du Nord répartissent leurs effectifs dans les deux villes. Leur arrivée y relance la psychose, qui s'était quelque peu apaisée devant la piste du Wearside.

Ce nouvel hiver débute donc très mal avec ses innombrables interpellations, délations et manifestations de femmes à travers le pays. Un chaos grandissant, où l'angoisse le dispute à l'amertume. C'est sans doute pour ça que Powell, assis dans son salon, écoute *Unchained Melody* reprise par Elvis peu de temps avant sa mort. Voix et piano s'entremêlent dans une douce mélancolie qui guide ses pensées vers Walter…

– Ça va, chéri ?
– Mmh, dit-il à Emma en regardant par la fenêtre.

… Mark…

– Vous montez boire un verre, « monsieur l'inspecteur » ?
– Non… c'est gentil, mais je vais rentrer.

… Caine…

– « La cour disculpe Mr Orlando Caine ici présent des accusations de détournement sur le compte bancaire de sa mère Thelma Caine et… »

… Davidson…

– Doucement, hein !
– Mais oui, sourit le dentiste, allez ! Ouvrez grand la bouche !

… Robards…

– Et ça, c'est du sucre, peut-être ?
– C'est pas à moi, m'sieur !

… Windsor…

– Joli swing ! dit son gendre.
– Merci, mon cher. Dix contre un que je fais un « hole in one » !

… Whitelaw…

– Vous avez intérêt à boucler cet « Éventreur » avant Noël !
– Oui, Monsieur le ministre.

… et George qui, reclus chez lui, attend ses comparutions au tribunal. En effet, à la plainte déposée contre lui par Witcliffe se sont ajoutées celles de l'interne qu'il a frappé, ainsi que du directeur du Mental Health Centre.

– Tu m'as compris : elle est morte à Leeds, alors pourquoi me mettre sur le coup ?
– Parce que tu es le meilleur. Tu vas encore nous boucler ça, vite fait bien fait.

38

10 novembre 1979

Quartier de Little Horton, Bradford, 1 h 17.

Âgée de vingt ans, Barbara Fenn sort du Mannville Arms en compagnie de ses amies, Linda et Mary, comme elle étudiantes. La porte du pub se referme sur *Killing an Arab*, de ce nouveau groupe qui a le vent en poupe [1]. Dès sa sortie, son premier LP a créé la surprise, au point que le *Melody Maker* a titré « les années 80 commencent là ». Un son différent qualifié par la presse de « post-punk », auquel Linda est sensible autant qu'au look du chanteur. De mode, il en a été question au cours de leur soirée, mais aussi des exams, des réformes de « la vieille » et, bien sûr, des hommes.

Le froid les conduit à boutonner leurs manteaux, qu'elles ont achetés ensemble à Londres. Linda, la plus frileuse, enfile ses gants en laine turquoise. Le trio s'aventure dans le quartier et croise des zonards, bourrés ou en passe de l'être. Depuis sept mois, la nuit est réservée à la gent masculine en raison du couvre-feu. Barbara et ses amies ne l'ont jamais respecté :

1. The Cure, formé il y a trois ans.

quand on est jeune, l'interdiction de sortir la nuit est aussi aberrante que l'abstinence sexuelle ou la privation de musique. Linda et Mary marchent jusqu'au carrefour, suivies de près par Barbara qui fredonne…

– … « Killing an Araaaab » ! J'adore cette chanson ! Vous savez que…

– Oui, dit Mary, elle est inspirée du bouquin *L'Étranger* de… comment, déjà ?

– Camus ! s'exclame Mary, vous l'avez lu ?

– Non, répondent les deux autres, c'est bien ?

– Je ne l'ai pas lu non plus. Dire que le N.F. a voulu récupérer leur chanson !

– C'est tard pour causer politique, l'interrompt Barbara, je vais y aller.

– T'as raison, je sens qu'on va être fraîches en socio ! À demain, les filles !

Elles se font une bise et se séparent, prenant chacune une direction. Barbara se mêle à la brume, où elle distingue une Rover V8 3500 noire. À peine l'a-t-elle dépassée que le moteur vrombit. Barbara sursaute et poursuit son trajet au son de la Rover, qui semble la suivre. Anxieuse, elle se retourne et constate que la voiture a disparu.

11 h 42, Morgue de Manningham Lane, Bradford.

La main sur le front, Mark observe les yeux grands ouverts de Mary Sheridan. La première victime depuis sept mois, la troisième à ne pas être une prostituée et la dixième de « L'Éventreur », enterrant définitivement la piste du Wearside. Retour à la case départ, à l'origine de cette spirale que George avait évoquée sans savoir qu'elle l'emporterait. Le Dr Nolan est assis sur sa chaise à roulettes, la tête entre les mains. Il avale sa salive et, sans regarder Mark, demande d'une voix éteinte :

– Quel terrain vague ?

– Celui où on avait retrouvé Yvonne Parsons. C'est « Old Sam » qui l'a découverte, pendant sa tournée.

– Et… vous avez quelque chose ?

– L'une de ses amies nous a parlé d'une Rover noire.

– C'est tout ?

– C'est tout. Je vous écoute, Rob.

– Trois… trois coups de…

Son index osseux prend le relais, lui indiquant le bureau. Mark y distingue le rapport d'autopsie, illuminé par le néon du plafond. Il s'en approche lentement et, arrivé devant le dossier, le caresse de la main droite. Ses doigts passent et repassent, avant de descendre jusqu'à l'angle du carton. Il se décide à ouvrir le rapport, dont la gueule de papier lui vomit ses conclusions : « Trois coups de marteau à pannes rondes, huit lacérations sur l'abdomen, une morsure sur le sein gauche d'une profondeur d'1,13 cm avec déchirement de l'aréole et dislocation des tissus adipeux. »

Mark referme, bouleversé. Plus que des mots, des idéogrammes dont l'horreur confirme un peu plus les prédictions – « Ce salaud évolue » – de George. Un tueur en mutation, à l'image de ce pays toujours plus extrême. « D'abord *il* tue et mutile, ensuite *il* piétine, puis *il* plante un tournevis, *il* s'essaie à la décapitation et maintenant, *il* mord… à chaque fois, *il* monte d'un cran, mais ne viole pas. » Mark glisse ses mains dans ses poches et baisse la tête, concentré sur ses mocassins. « Hormis Jayne, Josephine et cette pauvre

Mary, *ses* victimes vivent du sexe… tout un symbole et pourtant, pas de viol. » Impuissant ? Peut-être.

Il relève la tête, le regard animé d'une sinistre conviction : « Pas de viol… pas encore. » Mark soupire, fatigué d'avance : il le sait, il va encore tout faire pour éviter un autre crime, mais s'il n'y parvient pas, la prochaine victime regrettera de ne pas avoir été la précédente. Il se retourne enfin, puis s'adresse au Dr Nolan :

– Alors, comme ça, vous démissionnez ?

– Oui, j'arrête. Je fais ça depuis plus de vingt ans, mais je n'avais pas vu une telle cruauté depuis la guerre. Et il y avait déjà Tina Wilson, qui m'a… pff…

– Moi aussi, tout le monde.

– Et ça devient de plus en plus écœurant. Pour Halloween, des mômes ont sonné chez moi pour réclamer des bonbons et devinez ce qu'ils portaient, comme masque.

– Je sais, le fils de ma concierge avait lui aussi un masque du « barbu ». Il paraît que les ventes ont explosé, « L'Éventreur » a détrôné Darth Vader.

– Vous imaginez les parents des victimes ? Ça devrait être interdit !

– Ça l'est, soupire Mark.

Le silence reprend ses droits, rythmé par le frottement des semelles du légiste, extraordinairement nerveux. Mark lui tapote l'épaule, récupère le rapport et se dirige vers la sortie. Le Dr Nolan l'interpelle :

– Vous partez déjà ?

– Je dois annoncer la nouvelle à ses parents et téléphoner à Bellamy.

– Mark, je me demande comment vous faites pour supporter tout ça.

– Eh bien, je supporte.
– On a bossé six ans ensemble et je ne vous ai jamais demandé… vous êtes marié ?
– Non. Pourquoi ?
– Parce que… tout ça doit être dur à encaisser, seul.
– On s'habitue à tout. Et puis, je préférerais partager autre chose que « tout ça ».
– Mais les crimes, le canular… tout ce temps perdu, ça a été un coup dur pour vous.
– Ça l'est encore. Je n'ai jamais pensé que « L'Éventreur » était à Sunderland.
– Knox non plus. À propos, comment va-t-il ? J'ai appris par la presse que…
– Je ne veux pas en parler. Vous nous manquerez, Rob.
– J'aimerais vous dire la même chose.

13 h 02, Domicile de George et (toujours et plus que jamais) Kathryn, Skeldergate, York.

– Allô ?
– George, c'est moi. J'ai cru que tu ne décrocherais pas.
– Qu'est-ce que tu me veux, Walt ?
– Comment vas-tu ?
– Qu'est-ce que ça peut te foutre, comment je vais ?
– Tu m'en veux encore ?
– À ton avis ? Je t'avais dit qu'elle était bidon, ta piste du Nord-Est !
– Tu ne vas pas remettre ça ! Et puis, tu as toi-même reconnu que tu étais allé trop loin en rendant visite à Ayers et…

– WALT, JE VAIS RACCROCHER ! TU M'EMMERDES !

– Attends ! Burstyn vient de m'appeler, il y a eu une nouvelle victime à Bradford, une étudiante de vingt et un ans. Je sais que tu as été dessaisi de l'affaire, mais j'ai pensé que… George ? Tu m'écoutes ? George ?

39

13 novembre 1979

Fulford Cemetery, York.

« Je suis la résurrection et la vie. Lui qui a cru en Moi et qui est mort, vivra pour toujours. Celui qui vit et croit en Moi ne mourra jamais… »

Un flocon s'immisce dans l'œil droit du révérend Henry. Il frotte sa paupière, cligne à deux reprises et poursuit devant ces gens, émus par son sermon pourtant exigeant : la Résurrection, dernier des sept miracles de Jésus et le plus difficile à faire gober. Changer l'eau en vin, multiplier les pains, marcher sur l'eau… tout ça peut être accepté avec un peu d'ouverture d'esprit et beaucoup d'alcool, mais la Résurrection de Lazare de Béthanie, quand même, c'est autre chose. Pourtant, tout le monde y a cru, à l'époque. Jésus lui-même, bien sûr, mais aussi l'intéressé, sa famille et Jean, qui s'est empressé de caser ce fait pour le moins insolite dans son chapitre 11. Sacré Jean.

« … Aucun homme ne vit seul et ne meurt seul. Si nous vivons, nous vivons avec le Seigneur et si nous mourons, nous mourrons avec le Seigneur… »

Oui, sacré Jean et sacré révérend Henry, tellement sincère qu'il en devient poignant. Si, comme il le prétend, George était encore vivant, il se retournerait dans sa tombe devant une telle comédie. Enfin, sa tombe… comme l'ont dit les gars des pompes funèbres, « sa dernière demeure », où il pourrira avec son épouse et leur fille.

« Vivement que tout ça se termine », se dit Mark, à l'écart, abrité sous un arbre aux branches alourdies de neige. Frigorifié dans son caban noir, il observe la scène insupportable, même de loin. S'il le pouvait, il obligerait ce cureton au nez vinassé à expédier la cérémonie. Au plus vite, comme l'infarctus qui a emporté George.

« … Que nous vivions ou mourions, nous sommes chez le Seigneur. Bénis soient ceux qui meurent avec le Seigneur, libérés du péché, car ils reposent en paix. »

Sa bible entre les mains, le révérend invite l'assistance à prier. Inclinaisons cervicales, recueillement de tous à commencer par Walter et Emma. Les autres font de même : Rubin, Hagman, Powell, Davidson, Robards, des confrères de Wakefield, des anciens de Londres et Caine. Pour l'occasion, il s'est fait confectionner un uniforme sur mesure, le sien étant devenu trop étroit. Vaughn est également présent comme les Dr Greenhill et Nolan, l'expert Windsor, le père de Kathryn, les maires de Wakefield, York et Leeds, ainsi qu'un retraité de la Royal Air Force, ancien instructeur de George et Walter. Sans compter les ministres Peterson et Armstrong, qui feignent d'ignorer leur successeur Whitelaw, et tous ces journalistes aux portes du cimetière.

Bref, tous les protagonistes d'une affaire à laquelle Mark ne peut s'empêcher de penser. Tous sauf un, et non des moindres : « L'Éventreur du Yorkshire », « Jim » ou « Jack », plusieurs appellations pour un individu recherché depuis quatre ans. Un assassin introuvable, partout et nulle part… peut-être dans ce cimetière enneigé, pour se gargariser de la mort de celui qui avait juré sa perte. Ça n'a rien d'improbable. Un homme qui tue aussi sauvagement et nargue à ce point les autorités pourrait pousser le vice jusqu'à venir ici, savourer sa victoire. Si Mark était le tueur, c'est en tout cas ce qu'il ferait. D'ailleurs, l'éventualité qu'*il* soit un flic ne l'a toujours pas quitté. Il a simplement cessé d'émettre cette hypothèse en public.

À l'issue de la prière, tous relèvent la tête dans une simultanéité robotique. Visages rougis de froid et d'émotion. Mark dévisage chacun des hommes, après quoi il inspecte les environs. Ciel et terre s'y confondent dans une blancheur spectrale, noircie par ces êtres endeuillés et les *bobbies*, tout autour. Il balade son regard de pierres tombales en caveaux familiaux, quand un crissement le renvoie à la mise en terre du cercueil. Il lui tourne le dos, s'adosse contre l'arbre et clôt ses paupières.

Nuit.

Coupé de l'enterrement, il n'a que son odorat et son ouïe pour tout lien avec l'extérieur. Senteurs d'une terre humide, gémissements du vent et flashes des journalistes. Cherchez l'erreur. Replié en lui-même, il repense à son récent échange avec Rob. Oui, il supporte les cadavres, les pleurs des parents, le harcèlement des médias, la violence d'un pays qui vire ses travailleurs et tue sa jeunesse entre délinquance et toxicomanie… Mark peut tout encaisser seul, sauf la mort d'un ami.

George lui manque. De plus en plus. Depuis trois jours, son absence lui vrille les intestins dans une rage incessante. Car sa mort est injuste, à l'image du cancer qui l'a privé de son épouse. George lui aura survécu un peu plus d'un an, continuant d'avancer comme on marche chaussé de parpaings. Tour à tour désespéré et révolté, Mark ignore comment aborder son décès pour entamer ce que certains appellent sans rire le « travail de deuil ».

Toute cette douleur, il aurait pu la partager avec une femme si, il y a cinq ans, il avait su choisir. À l'époque, il filait le parfait amour avec Virginia, une ravissante vétérinaire. Puis, un jour, il a fait la connaissance d'une inspectrice d'origine française prénommée Coline et tout a basculé. Tiraillé, il a longtemps hésité – sans doute trop – puisque Virginia a choisi à sa place. Depuis, elle a refait sa vie avec un kiné et Coline est retournée en France.

Détonations.

Il rouvre ses yeux dans un sursaut et se retourne, découvrant de jeunes officiers aux fusils pointés. Funérailles en grande pompe avec Union Jack plié à quatre mains, couronnes de fleurs, discours élogieux… malgré son aspect personnalisé, cette mise en scène relègue George dans un anonymat frère de l'indifférence. Nouveaux coups de feu, dont la résonance déchire le ciel par saccades. Ça y est : l'un des meilleurs flics du pays a rejoint les autres morts de la profession.

Aux tirs succède la rage de Walter – « Je m'en fous, de vos condoléances ! » – qui saisit Vaughn – « C'est vous qui l'avez tué ! » – par le col. Son ancien instructeur et Rubin s'interposent, l'obligeant à libérer le journaliste. Vaughn part aussitôt, suivi des ministres et des membres du R.I.O. Ils s'éparpillent dans un concert de pas s'enfonçant dans la neige. Les maires et les légistes échangent quelques mots, avant de se diriger vers la sortie. Seuls restent Walter, Emma et le père de Kathryn, auxquels parle le révérend.

Mark regarde les autres le dépasser, un à un. Caine le remarque et, dépité, le salue d'un hochement. Là-bas, Walter tapote l'épaule du révérend et s'éloigne en soutenant Emma, éplorée depuis leur arrivée. Derrière, le père de Kathryn, octogénaire éprouvé. Sa canne l'aide à se déplacer, mais lui sera inutile pour surmonter cette ultime épreuve. Avec la mort de son gendre, cette fois, sa fille est « vraiment » morte. Son kilt renvoie Mark à l'île d'Arran, dont la magnificence lui aère l'esprit le temps d'une seconde. Il avance d'un pas et apostrophe…

– … Walter ?

– Mmh ? Ah, Burstyn. Vous arrivez trop tard.

– J'étais là depuis le début, mais… le sermon, tout ça, ce n'est pas pour moi…, puis saluant les deux autres, Mrs Bellamy, monsieur…

Emma relève la tête et, de ses mains gantées de noir, soulève le voile qui masquait son regard. Elle le salue à son tour, ce que fait le père de Kathryn sans le regarder. Mark croise ses mains frigorifiées :

– Walter, je… je vous présente toutes mes…

– Merci. Au revoir.

– Je peux vous parler un instant ?

– Heu… allez-y, faites vite.

– Seul à seul, précise Mark.

Walter songe à refuser, puis se tourne vers son épouse, à laquelle il murmure « Je te retrouve à la voiture ». « Tu es sûr, chéri ? », « Oui, ça va aller ». Emma lui réajuste inutilement son col, salue Mark et saisit le père de Kathryn par le bras. De la main, Walter ordonne à un *bobby* de les escorter à travers les journalistes.

– Je vous écoute, Burstyn.

– Je voulais… votre discours était bien. Mieux que celui de Whitelaw, qui a salué la mémoire d'un « officier exemplaire incarnant à lui seul la police britannique ».

– Moi aussi, ça m'a écœuré, toute cette hypocrisie.

– D'ailleurs, j'ignorais que George… enfin, qu'il croyait en Dieu.

– Il n'y croyait pas. Il était baptisé comme tout un chacun, mais… Kathryn et Anna ont été élevées dans la foi, alors j'ai pensé… enfin, les voilà réunis.

Au-delà de son mysticisme douteux, cette pensée console quelque peu Mark. Sa réaction se traduit par un sourire maladroit, au grand dam de ses lèvres gercées. Il les palpe, puis sort son paquet de Dunhill. Il le tend à Walter, qui lui préfère ses Benson. Tremblant de froid, Mark sort son briquet et allume leur cigarette respective :

– En tout cas, merci de vous être occupé de tout.

– C'était la moindre des choses. C'est à cause de moi que George…

– Vous n'avez rien à vous reprocher, Walter.

– J'ai dit à Vaughn qu'il l'avait tué, mais en fait, c'est moi. Je savais que cette affaire l'usait depuis trois ans, mais j'ai insisté pour qu'il revienne après la mort de Kat.

– C'est moi qui suis allé le chercher jusqu'en Écosse.

– Alors, peut-être que nous l'avons tous tué : moi, vous, Vaughn, Caine et ses pistes à la con, le farceur qui a envoyé la cassette et ces chiens, là-bas.

Mark lorgne sur Fordlands Road, grouillant de journalistes. Les premières voitures s'éloignent sous leurs objectifs, qui se rabattent ensuite sur les ministres. Walter surprend Caine en train de s'énerver contre les cameramen, puis s'adosse contre l'arbre. Le frottement contre l'écorce attire l'attention de Mark. Il tire sur sa cigarette :

– Le seul responsable, c'est « L'Éventreur ».

– Tout ce que je sais, c'est que George ne reviendra pas.

– Oui, mais…

– Vous voulez savoir ce qu'il m'a dit avant de mourir, ses dernières paroles ? « Tu m'emmerdes ! » On était amis, on a tout fait, mais je l'ai laissé tomb…

Il s'interrompt, les larmes aux yeux, et lui tourne le dos. Vision surnaturelle d'un quinqua endurci, infantilisé par la souffrance. Une pensée s'empare de Mark, une pensée honteuse. N'ayant pas assez connu George, il souffre en secret de ne pouvoir le pleurer autant que Walter. Jalousie inappropriée autant qu'étrange, noyée dans ce théâtre de l'ambiguïté qu'est la nature humaine.

– Walter, je vais vous aider à surmonter ça… moi, et les autres.

– Oubliez « les autres ». Whitelaw a dissous le R.I.O. et m'a muté à Warrington.

– QUOI ?

– Il vient de me l'annoncer. Le R.I.O. datait de l'ère Callaghan, Thatcher poursuit son ménage. George avait raison en disant que tout ça était politique et…

– Je veux reprendre l'enquête.

Walter se retourne, redevenu superintendant. Sa moustache s'arque, révélant une bouche ouverte en signe de colère :

– Vous vous foutez de moi ? Vous avez vu ce que ça lui a coûté, à George ?

– L'affaire va être reprise par d'autres, ce qui va encore la retarder. Après George, je suis celui qui la connaît le mieux. Je bosse dessus depuis trois ans !

– Moi aussi ! Et je vous rappelle que, même si j'acceptais de vous la laisser, je n'y serais plus habilité. Vous n'êtes plus sous mon autorité !

– Pas encore. Quand prend effet votre mutation ?

Walter entrouvre ses lèvres, d'où ne s'échappe qu'une hésitation vaporeuse. Il baisse les yeux, avale une bouffée de tabac :

– À la fin du mois.

– Eh bien, Whitelaw n'a pas perdu de temps.

– Bah… Je suis né à Wakefield, j'aime cette ville, mais partir me fera peut-être du bien, après tout. Ce sera plus difficile pour Emma, elle n'aime pas le changement.

– J'en connais une qui aime tellement ça, qu'elle est en train de transformer tout le pays. Bref, j'ai un peu de temps avant votre mutation.

– George a mis deux mois à reprendre l'enquête, et vous le feriez en deux semaines ?

– Deux semaines pour tout photocopier et après, le temps qu'il faudra pour arrêter « L'Éventreur ».

Au loin, d'autres voitures désertent la rue. Ne demeurent plus que celles de Walter et Mark, encerclées de caméras et de micros impatients. Le froid s'empare des deux officiers, isolés dans la neige. Mark tremble, Walter fume nerveusement. Ses narines rougies évacuent la fumée, mêlée à la vapeur :

– Vous n'avez pas l'air de comprendre ! Je n'ai plus accès à tous nos fichiers ! Le R.I.O., le 3838 et le reste, c'est ter-mi-né !

– Je parle des dossiers de George, sur les vingt-trois suspects. Où sont-ils ?

– Comme ses affaires : chez moi, dans un carton... mais je vous le répète, c'est non.

– Que craignez-vous ? Même si je me plante, ça n'aura aucune conséquence pour vous puisque je ne serai plus sous votre autorité.

– Ce n'est pas ça.

– Alors, c'est quoi ? Vous craignez qu'à mon tour, je harcèle Witcliffe ? Je ne l'ai jamais cru coupable ! Qui est au courant pour les dossiers de George ?

– Vous et moi, c'est tout. Les autres savent qu'il a repris l'enquête, mais...

– Alors, rendez-moi *mes* dossiers que j'ai réalisés *après* la mort de George.

– Pendant plusieurs mois, c'est ça ?

– « Le temps qu'il faudra », répète Mark.

Échange de regards, empreint de connivence. Walter le fixe, hoche la tête, puis l'abandonne. Mark le regarde s'éloigner, jusqu'à ce qu'il ne soit plus qu'une silhouette noire criblée de blanc. La sortie de Walter excite davantage les journalistes, lesquels l'assaillent de questions. Mark jette sa cigarette et se dirige vers la tombe, devant laquelle il s'arrête. Enfin seul, il rend un dernier hommage à son ami. Un hommage qui, en fait, est bien plus que ça : une promesse.

40

30 novembre 1979

Dublin, Irlande.

« Ce que je veux, Mr Palmer, c'est tout simple : je veux qu'on me rende mon argent. » C'est ainsi que Thatcher a répondu à ce journaliste du *Guardian*, à l'issue du sommet européen. Provocatrice, cette déclaration a le mérite de la franchise : le pays représente en effet 16 % du PNB de l'Europe, alors qu'il participe à 21 % de son budget et ne reçoit que 8 % de subventions. Inadmissible, pour celle qui a exigé…

– … le remboursement de la différence, dit Walter, ni plus ni moins !

– Ben, dites donc. Voilà encore une affaire qui fera du bruit.

– Espérons que la vôtre sera plus discrète.

– Comptez sur moi, dit Mark en lui rendant les dossiers, j'ai tout photocopié.

– Et maintenant ?

– C'est à vous qu'il faut demander ça.

– Oh… je quitte Wakefield demain et commence à Warrington, lundi.

– Vous allez y habiter ?

– Non. Mon épouse refuse de quitter notre « magnifique villa à proximité des chevaux de Heath Common ». Et puis, notre fils a tous ses amis à Wakefield.

– J'ignorais que vous aviez un enfant.

– J'ai aussi un cavalier King Charles, que mon épouse a appelé Bijou.

– C'est mignon. Bref, vous ferez tous les jours Wakefield-Warrington ?

– Deux heures de route par jour, c'est long, mais faisable. De toute façon, je n'ai pas le choix. Vous, si : vous voulez vraiment cette enquête ?

– Oui. Ne vous inquiétez pas. Et puis, je vous téléphonerai.

– Ne le prenez pas mal, mais… je n'y tiens pas. Ce qu'il y a de bon dans ma mutation, c'est qu'elle m'éloigne de toute cette affaire. Bonne chance à vous.

– Merci. Bon courage avec ces bouseux de Warrington.

La pile de dossiers entre les mains, Walter traverse le parking de Marks & Spencer en direction de sa voiture. Il les dépose dans le coffre, le claque des deux mains, puis s'installe au volant.

– Walter !

– Quoi ?

– Je *l*'aurai.

Walter acquiesce sans conviction, puis referme sa portière. Le véhicule vrombit, opère une marche arrière et disparaît dans la nuit.

41

8 février 1980

12 Moorside Road, Bradford.

« Every year is the same
And I feel it again
I'm a loser, no chance to win »

Les années passent, les hommes restent. Ni la chute de Bokassa, ni l'invasion soviétique en Afghanistan, ni l'essor du libéralisme thatchérien n'auront influé sur l'existence de Mark. Une vie imperméable au changement auquel il préfère sa « bonne routine », sereine et équilibrée. Jour après jour, il s'offre le luxe de rester lui-même dans un monde où chaque progrès façonne l'homme qu'on dit « moderne ».

Cette constance identitaire, il l'avait retrouvée chez George. Comme dit le proverbe, « les oiseaux du même plumage s'assemblent sur le même rivage » : ils étaient différents, mais unis dans un même refus de cette époque qui n'avance que pour mieux écraser.

« I've seen my share of kills »

Mark aurait pu déménager grâce à son nouveau salaire, mais a choisi de rester dans le quartier pauvre qui l'a vu naître, il y a trente-trois ans. Moorside Mills avec son temple sikh, son bureau de poste régulièrement braqué, son pub toujours bondé et son tunnel qui, en un siècle, a vu défiler des milliers d'ouvriers. Celui-ci débouche sur une cour pavée, encadrée par quatre immeubles noircis de pollution et d'oubli. Mark réside dans le moins délabré, avec vue sur les ferronneries baroques de l'ancienne usine.

Il est locataire de l'unique studio au sixième étage. Aucun voisin au-dessus, ni sur le palier. Idéal pour jouer de la batterie. La sienne occupe 2 m^2, ne lui en laissant que vingt pour manger, boire, fumer et baiser des clientes du Haigy's. Un modeste studio avec des posters de musique, une photo de sa mère et des affiches, données par le projectionniste du Royal Cinema. La dernière en date est celle de *Quadrophenia*, toujours pas vu. Mark préfère attendre pour le découvrir dans les meilleures conditions, sans le chahut des cons. Du coup, il patiente avec le LP original…

« Why should I care ? »

… qu'il écoute en ce moment même. En trois ans, cette affiche est l'une des rares nouveautés à avoir complété son univers avec son premier rasoir électrique, un walkman (un miracle portatif qu'il s'est payé en économisant durant deux mois), deux vinyles de R'n'B et un chat angora blanc, jadis recueilli chez Tina Wilson. De timide, il est devenu survolté. Mark l'a baptisé Stop, ce qui lui évite de hurler « Ne te fais pas les griffes sur le sofa ! », « Arrête de miauler ! » ou, comme c'est le cas ici, « Laisse la poubelle ! ». « Stop », c'est un nom con, mais pas autant que le « Bijou » de Walter.

– STOP ! crie Mark.

Deux oreilles émergent des boulettes de papier, puis se tournent en un double périscope. Le chat surgit de la poubelle, qui se renverse sur la moquette. Incapable de le punir, Mark se contente de taper sur le coussin. Stop l'y rejoint, après quoi il se couche contre lui. Son maître le caresse et, de l'autre main, parcourt son épais dossier. Encore. Depuis deux mois, il n'a jamais été aussi flic : la journée, au Manningham Police Station, et la nuit, chez lui. Ainsi, quand il en a terminé avec les dealers et les trafiquants de charbon, il rentre retrouver les victimes de « L'Éventreur ».

Un vaste travail d'archivage, réalisé grâce aux dossiers remis par Walter. Sa mutation, Mark la trouve injuste. Il n'est sûrement pas le seul, mais ne l'a pas évoquée avec les autres, qu'il n'a pas revus depuis l'enterrement. Il a songé plus d'une fois à appeler Powell and Co mais, depuis la fin du R.I.O., tout le monde fait profil bas. D'après Walter, même Caine s'est assagi. Et puis, à quoi bon les contacter ? Pour dire « Oui, Walter a commis des erreurs, mais non, sa sanction n'est pas justifiée » ? Ça ne ferait que raviver une amertume que tous aimeraient bien oublier. Son énergie, Mark préfère la consacrer à ces cinq années d'enquête, divisées en trois phases :

1re et 2e semaines de décembre : synthèse de George des enquêtes depuis 1975.

3e et 4e semaines de décembre : vingt-trois suspects de George.
1re et 2e semaines de janvier : reprise des dossiers du R.I.O. depuis 1977.

Depuis, Mark passe ses soirées et ses nuits à comparer ses conclusions. Un travail laborieux mais nécessaire, pour trouver enfin – après toutes ces années – l'auteur des meurtres, auquel s'est ajouté celui de Mary Sheridan. Dix victimes, dont il a punaisé les visages sur le mur, par ordre chronologique…

Wilma McCrane
Emily Oldson
Irene Richards
Tina Wilson
Jayne Temple
Janice Jordan
Helen Hicks
Yvonne Parsons
Josephine Baxter
Mary Sheridan

… avec liste de leurs clients, proches et amis que George avait reconstituée. Entre noms, domiciles et habitudes, Mark a réétudié leur profil en quête de la moindre similitude, comme l'avait fait son ami. Sans compter leur classification par ville…

Leeds : Wilma McCrane, Emily Oldson, Irene Richards, Jayne Temple.
Bradford : Tina Wilson, Yvonne Parsons, Mary Sheridan.
Manchester : Janice Jordan.

Huddersfield : Helen Hicks.
Halifax : Josephine Baxter.

… et les photos des survivantes – Maureen Ayers (Bradford), prostituées agressées en 1975 (Keighley, Halifax) et en 1976 (Leeds) – grâce auxquelles le portrait du moustachu avait pu être actualisé en barbu. Un tueur dont le nom figure, peut-être, dans la longue liste de George : clients de prostituées, anciens taulards condamnés pour agression sexuelle, anciens pensionnaires d'orphelinats, hommes d'affaires, malades mentaux, fanatiques de Jack L'Éventreur et autres, tous réunis en une seule catégorie : 876 suspects barbus. Il y a huit mois, il n'avait conservé que ceux âgés entre trente et quarante ans…

536

… ensuite, ceux qui chaussent du 41…

248

… puis, ceux qui possèdent une voiture rouge…

109

… ceux qui fréquentent les magasins de bricolage…

75

… et enfin, ceux susceptibles d'avoir reçu le billet n° AW51 121565 :

23

Vingt-trois suspects dont George avait réalisé – pour chacun – un dossier avec les procès verbaux, professions et adresses classées par ville : sept à Manchester, six à Sunderland, quatre à Leeds, trois à Huddersfield, deux à Halifax et un à Bradford. Vingt-trois visages, qui ont hanté les nuits de Mark et son quotidien. Et tant pis si Hagman l'a chargé d'arrêter les braqueurs qui terrorisent Bradford depuis le réveillon.

Mark y pense, mais préfère déléguer ses hommes et se concentrer sur « L'Éventreur ». De toute façon, il n'a guère le choix, totalement vampirisé par l'enquête. Depuis bientôt cinq ans, son poison se répand dans son sang en une mort lente et froide. À son obsession s'est ajouté un désagréable sentiment de redite, il se voit promis au même déclin que George. En lisant ses notes, Mark l'a presque senti, assis à côté de lui. Sans doute la fatigue ou les amphét', qu'il prend pour se maintenir éveillé. Une nuit, « Stop » a même hésité à se coucher sur le sofa, comme s'il était occupé par une présence invisible. Mark n'y a vu qu'une ridicule superstition, puisque George est mort et qu'il ne reviendra pas.

Jamais.

Un mot que Mark se répète, quand il se sent sombrer à son tour. Non, il ne subira jamais cette enquête comme George. C'était un super flic, mais il avait repris l'affaire sans savoir qu'elle était parasitée par de fausses pistes. Affranchi des lettres et de la cassette, Mark a ainsi annulé les suspects de Manchester et Sunderland, réduisant la liste à dix noms. Il y figure toujours Witcliffe, dont George avait réactualisé le dossier après leur entrevue : retranscription de leur échange, description du garage (marteau à pannes rondes, établi, etc.)... tout y est, sauf l'essentiel : des aveux.

Au début, Mark aussi était convaincu que Witcliffe était « L'Éventreur ». Entre-temps, il a comparé le dossier avec ceux des autres suspects et ses propres recherches. Conclusion : impossible d'incriminer ce chauffeur routier, marié et père de deux enfants. Il aimerait le croire coupable, mais n'y arrive pas. Il lui suffirait pourtant de rendre visite à Witcliffe, sous un prétexte bidon, pour voir, « comme ça ». Après tout, le quartier Heaton est proche de chez lui. Oui, mais non et ce, pour quatre raisons :

1 : Witcliffe pourrait déposer une deuxième plainte, ce qui irriterait davantage le Home Office et serait lourd de conséquences pour Mark.

2 : Witcliffe possède une Ford Corsair rouge, alors qu'une amie de Mary Sheridan certifie avoir vu une Rover V8 3500 noire.

3 : Une prostituée a été agressée la nuit précédente à Huddersfield par un client dont elle n'a pas vu le visage, et qui s'est enfui à bord d'une Rover de même modèle.

4 : le dossier de Witcliffe n'est pas plus accablant que ceux des autres suspects, dont trois résident toujours à Huddersfield.

Autant de raisons qui conduisent Mark à classer définitivement le « dossier Witcliffe ». Il le referme sans déception, mais avec fatigue. Une usure que la pluie du dehors transforme en bâillement. Il regarde Stop roupiller, les yeux entrouverts et la langue apparente. Mark récupère sa bière sur la moquette, avale deux gorgées. Une goutte dégouline sur son menton qu'il n'essuie pas, préférant caresser son chat. À peine a-t-il plongé ses doigts dans son pelage, que Stop ronronne. Cause, conséquence. Réaction froidement mathématique, mais dont la simplicité apaise Mark. Ses yeux papillotent, il repose sa bière, puis se couche contre son chat.

Un roulement de batterie et c'est la fin de *Love reign o'er me*, comme c'est la fin d'une époque : la mort de George, la mutation de Walter, la démission de Rob, la dissolution du R.I.O… et Mark, toujours là, perdu quelque part dans la brume d'un sommeil bien mérité. Malgré les amphèt'. Malgré tout. Malgré deux mois.

Deux mois pour rien.

42

Mars – juillet 1980

« … THE RIPPER ! HANG THE RIPPER !
HANG… »

Il y a cinq ans, Thatcher avait déclaré dans une interview : « En politique, si vous voulez des discours, demandez à un homme. Si vous voulez des actes, demandez à une femme. » Depuis son élection, les mois lui donnent raison : vote d'une loi destinée à mettre fin au *closed shop* [1], réduction des dépenses publiques, fermetures d'usines plus assez rentables et fin de l'industrie du charbon au profit d'une économie de finance.

« … THE RIPPER ! HANG THE RIPPER !
HANG… »

Contre toute attente, ces mesures commencent quelque peu à porter leurs fruits : lentement, le Royaume-Uni redevient un grand pays, au détriment de

---

1. Système établi par convention entre patronat et syndicat dans lequel l'employeur ne peut embaucher que des travailleurs syndiqués.

ses « petites gens » dont 10 % vivent désormais en dessous du seuil de pauvreté. Mais oui, il se relève et ce, malgré ses manifestations incessantes et ses émeutes, notamment à Bristol. Imperturbable, Thatcher garde le cap envers et contre tous. Dans les couloirs du 10 Downing Street, on murmure même qu'elle envisage de former les policiers aux techniques paramilitaires pour mieux riposter face aux grévistes.

« … THE RIPPER ! HANG THE RIPPER !
HANG… »

Rien de surprenant de la part de celle qui, il y a vingt ans, avait voté en faveur du rétablissement des châtiments corporels et s'est toujours prononcée pour celui de la peine de mort. Cette sentence, les féministes du pays ne cessent de la réclamer depuis cinq longues années à l'encontre du tueur, devenu le symbole d'une domination millénaire. Sur les murs, aux graffitis anti-Thatcher s'ajoutent ainsi « men are the enemy » et autres déclarations de guerre. Sale temps pour les hommes, fustigés dans la rue ou au sein de leurs propres foyers, mais pas pour « L'Éventreur »…

43

18 août 1980

Kent Avenue, Pudsey (5 miles de Leeds).

… dont un enfant découvre la onzième victime,
sous des broussailles :

Maggie Walls.
47 ans.
Employée au ministère de l'Éducation.
Mariée, mère de trois enfants.
Crâne défoncé.
Gorge tranchée.
Poitrine lacérée de trente et un coups de couteau.

« Pas de morsure cette fois, et toujours pas de viol », se dit Mark, abasourdi. Par la nouvelle, bien sûr, mais aussi par cet assassin insaisissable autant qu'illogique. Malgré son insistance, l'enquête est naturellement confiée au C.I.D. local, sous l'autorité du West Yorkshire Police Station. À sa tête, Caine, félicité pour avoir arrêté à Leeds les braqueurs qui sévissaient jusqu'alors à Bradford.

Fidèle à lui-même, Caine se démène pour trouver l'assassin, soucieux de ne pas décevoir le ministre auquel il doit sa promotion. Certes, il n'a plus de temps pour son précieux roman, mais il est désormais superintendant et c'est tout ce qui compte. Débutée sur les chapeaux de roues, sa nouvelle carrière s'enraye un mois plus tard dans « sa » ville avec l'agression nocturne de Sonia Carlson, par un barbu armé d'un marteau. Un affront pour Caine, qui sollicite ses anciens confrères et ceux du Manningham Police Station à Bradford.

Biiiip… biiiip… biiiip… biiii…

– Inspecteur Burstyn, j'écoute !
– C'est Caine.
– Oh ! Ça fait un bail !
– Hier, une pute a failli y passer à Leeds.
– Merde, c'est pas vrai…
– Elle a dit que son agresseur était barbu, qu'il a brandi un marteau et s'est enfui à bord d'une Rover noire. Je vais étendre mes recherches à Leeds et à « chez vous ».
– Eh bien, faites. C'est vous le boss, à présent.
– Je veux dire : mon C.I.D. va devoir collaborer avec le vôtre.
– « Il va devoir » ou « a besoin de » ?
– Appelez ça comme vous voulez, grommelle Caine, vous acceptez ?
– C'est que… on m'a refusé l'enquête sur Maggie Walls.
– Je vous envoie ses données par fax.
– Impossible, le nôtre est encore en panne.
– Alors, passez me voir à Wakefield. On en profitera pour définir les axes à venir.

– Ce soir, vers 19 heures ?
– Entendu, et après avoir hésité : merci, Burstyn.

Le lendemain, Caine investit les locaux de Radio Leeds afin de solliciter les auditeurs, comme George l'avait fait il y a trois ans. De retour à Wakefield, il étend ses recherches avec Mark dans le triangle « Pudsey-Leeds-Bradford », où le couvre-feu est renforcé. Les appels à témoins se multiplient, ainsi que les dénonciations et interpellations de conducteurs de Rover V8 3500 noires…

… jusqu'en octobre où, par ailleurs, se tient le congrès du parti conservateur. L'heure est au premier bilan de Thatcher, dont beaucoup dans l'opposition et au sein de son propre camp critiquent les conséquences : deux millions de chômeurs et une augmentation de la délinquance, malgré un gonflement du budget de la police. Face aux siens la pressant de changer sa politique, elle déclare « Vous ferez demi-tour si vous le voulez, la dame ne fait jamais demi-tour ».

« L'Éventreur » non plus et il le prouve le 12 octobre en tuant Thelma Sykes, une prostituée de Huddersfield.

44

25 octobre 1980

Bâtiment A, toilettes hommes, Leeds University.

Trevor Hillman – 39 ans, prof de philo – pourrait être intelligent. Il en a l'envie autant que les capacités, et sa culture générale fait des jaloux au Sam's Pub. Or, il est de ceux qui ont besoin d'être constamment dans l'opposition pour se sentir exister : anti-Travaillistes, anti-Conservateurs, anti-religion, anti-nucléaire… un « anti-tout » qui a longtemps hésité entre l'anarchisme, si tant est qu'il existe, et le communisme. Finalement, c'est de ce dernier qu'il a choisi de se réclamer, séduit par Lénine and Co. Le vrai communisme, pas celui trahi par Staline ou les Khmers. Une noble idéologie placée sous le signe de la solidarité, qui fait du bien en ces temps de crise.

Seulement voilà, Trevor est de ces « rouges » si caricaturaux qu'ils font honte à leur cause. Branché sur 1917, il n'a vécu dans les années 70 que pour critiquer Thatcher, « son » ennemie apôtre du capitalisme, grâce à laquelle il peut désormais briller. Ses réformes sont injustes et il a raison de les combattre, mais s'il le fait, c'est surtout parce qu'elles menacent son confort. C'est pourquoi il est de toutes les manifs et insulte volontiers les *bobbies*, cherchant les coups pour justifier son discours anti-fasciste. Et quand il assure ses cours à l'université, il en profite pour y imprimer ses tracts militants. Sauf aujourd'hui, car il compose une lettre anonyme…

« … *et j'ai de bonnes raisons de connaître celui que vous recherchez dans l'affaire de L'Éventreur. Cet homme a des liaisons avec des prostituées et a toujours eu une chose pour elles. Il s'appelle…* »

… assis sur la cuvette des W.-C., enfermé dans une cabine. À peine l'a-t-il rédigée qu'il s'en va la poster à destination du bureau de Manningham, à Bradford. Un effort, eu égard à sa haine envers les autorités, mais un effort essentiel : Trevor a beau être con, il a parfois le sens des priorités et l'arrestation de « L'Éventreur » en est une. Au point que, le lendemain, il profite de sa pause-déjeuner pour se rendre au même poste de police. L'agent Sonia Kinnear – jolie rousse au visage poupin – l'écoute, puis se munit d'un stylo et d'un bloc-notes :

– Et c'était un ami à vous ?

– Une connaissance, on s'était rencontrés dans une manif en 73.

– Et ce jour-là, vous étiez avec lui ?

– Oui, dans ma voiture. On était à Halifax, quand il a reconnu une prostituée dehors.

– Continuez, dit-elle en notant.

– Il m'a dit qu'ils s'étaient disputés dans un bar, qu'elle l'avait traité de « pédé ». Bref, il est sorti brusquement, puis l'a poursuivie dans la rue.

– Et vous ?

– Ben, je n'allais pas piler en plein milieu de la circulation… je me suis garé plus loin, mais je n'ai pas retrouvé Paul.

– Mmh, puis le stylo en attente, quelle date dites-vous ?

– Le 15 août 1975.

Peu après, son précieux témoignage est ajouté à sa lettre anonyme reçue la veille. Marquée « priorité n° 1 », celle-ci donne lieu deux jours plus tard à une fiche, rangée parmi des centaines d'autres. Là, dans ce tiroir, à une cinquantaine de mètres du distributeur de boissons, où Mark enclenche la touche « expresso ». Le gobelet dégringole et se remplit lentement, sous ses yeux cernés d'insomnies. Un confrère de la Brigade des mœurs, bretellé d'un rouge infâme, le rejoint en traînant les pieds :

– Salut.

– Salut.

Mark récupère son café du bout des doigts, puis se décale d'un pas. L'homme examine les touches, faisant tinter les pièces dans sa main gauche. Son index cible un Coca, avant d'opter finalement pour un…

– … thé, allez ! Ça caille trop, ce matin !

– Ouais, dit Mark en goûtant son café.

– C'est quand ils veulent, pour le chauffage ! Ça va, à part ça ?

– Mmh. Et toi ?

– Pareil. Alors, ça avance, « L'Éventreur » ?

– Non.

– Sérieux ? Rien de nouveau ?

– Pas que je sache.

45

17 novembre 1980

Market Street, Bradford.

Il y a dix jours, la nouvelle est tombée : Steve Mac Queen, le play-boy aux yeux bleus, l'un des meilleurs acteurs de sa génération, est mort d'un cancer des poumons. Une fin laide et pathétique pour celui qui, de *Guet-apens* à *La Grande Évasion* en passant par *Papillon* et tant d'autres, symbolisait le charisme et la force. Il s'en est donc allé, loin de ces eighties où il n'avait pas sa place et de ce cinéma qui se starifie.

C'est ce que pense Mark en sortant du cinéma, qui rend hommage au « grand Steve ». La programmation y côtoie les chefs-d'œuvre récents comme *Apocalypse Now*, toujours à l'affiche. Aujourd'hui, c'était au tour de *Bullit* de réjouir les fans. Du moins, ceux qui peuvent se payer un ticket. Le film a un peu vieilli, mais Steve en flic avec holster, col roulé et Ford Mustang Fastback GT 390, c'est toujours un plaisir. Et tant pis pour la crédibilité. Après tout, c'est à ça que sert le cinéma, à fuir la réalité. Celle de Mark n'a jamais été aussi morne : un job morbide et mal aimé, un célibat pesant et le deuil impossible d'un ami. Il y a un an, George mourait. Déjà.

Abrité sous le porche, Mark regarde les piétons fuir la pluie. Temps de merde. Hier, c'était la grêle. Demain ? Pff... de toute façon, les jours se ressemblent de plus en plus. Pour preuve, ce lundi aussi pluvieux qu'un dimanche. Pire, un dimanche soir. Comme lorsqu'il avait « le blues de la fin de week-end », à l'idée de retrouver l'école. Sa mélancolie d'antan est, depuis peu, revenue ternir son quotidien. C'est pourquoi il a pris une semaine de congés. Ciné, concerts et virée à Liverpool, chez sa mère. Loin de Wakefield et sa vaine collaboration avec Caine. Loin de ces jours, entassés en briques. Et quand le mur sera fini, d'autres jours en bâtiront un nouveau, celui de 1981.

D'ici là, l'année continue de se cimenter à grand renfort de rien. Ça a commencé avec l'automne : ici plus que partout ailleurs, c'est un hiver qui ne dit pas son nom. Depuis septembre, tout est froid et nul, comme le dernier LP des Kinks. Mark n'a pas été surpris : après tout, ils avaient cessé d'être Mods depuis au moins dix ans. Bien fait pour eux. Il ouvre son paquet de Dunhill, où son briquet côtoie cinq cigarettes. Il en allume une, consulte sa montre : 15 h 24.

Un, deux, puis neuf spectateurs sortent du cinéma et pestent contre la pluie. Le seul à ne pas râler est celui que Mark surnomme « Oh ! », alias Farhan, l'un des premiers Pakistanais à s'être installé ici. Ancien mineur reconverti en chauffeur de taxi, il aime les Anglaises et le cinéma. « Oh ! » est une véritable curiosité et ce, pour deux raisons : d'une part, il est le seul « paki d'ici » à avoir rasé sa moustache et d'autre part, il collectionne depuis vingt-deux ans tous ses tickets de cinéma, classés dans des albums. Un jour, Mark lui a dit qu'il n'avait jamais rencontré un tel cinéphile. « Oh ! » avait alors pointé son index en précisant « cinéphage » ; une nuance qui en dit long sur sa maîtrise de la langue locale, et donc son intégration. Il ouvre son parapluie, puis reconnaît Mark à sa coiffure sixties :

– Oh ! Bonjour, inspecteur !

– Je suis en vacances.

– Oh ! Désolé, Mark !

– Y a pas de mal. Alors, *Bullit* ?

– Oh ! Je l'avais vu à sa sortie ! C'est du « grand » ! Vous y allez ?

– J'en sors.

Mark l'abandonne et, sous la pluie battante, traverse Market Street. Des klaxons le somment de presser le pas jusqu'au trottoir ruisselant. Il y jette sa cigarette sous les yeux d'un jeune, dans une ruelle. Assis par terre, trempé et une seringue à la main. Mark le regarde se piquer la carotide, puis s'éloigne. Il dépasse un kiosque au son du « floc-floc » de ses mocassins, enjambe les flaques en direction de sa Maxi…

… et s'arrête brusquement. Il retourne en courant jusqu'au kiosque, où le *Daily Star* est titré « Ripper killed again : 13 times the police let him go ! ». Un crime repris par les autres journaux, qui semblent se refermer sur lui. Il arrache un exemplaire du *Star*, le feuillette frénétiquement. Les articles se succèdent : rencontre entre Thatcher et Reagan (nouveau président US, ancien acteur raté), réunion sur le nucléaire au siège de l'O.T.A.N. et treizième victime : Linda Hills, prostituée de Chapeltown, retrouvée morte à Soldier's Field. « L'Éventreur » n'avait pas tué à Leeds depuis la mort de Jayne, il y a trois ans. Ça ne s'arrêtera donc jamais.

– Eh ! s'impatiente le vendeur, c'est pas une bibliothèque, ici !

– Tenez, dit Mark en lui donnant cinq livres.

Il repart, absorbé par le journal, sans récupérer sa monnaie. Les gouttes de pluie s'imprègnent dans le papier, qui se gondole et met en relief les macabres informations. Mark ralentit en apprenant que « la mort a frappé si violemment la victime que l'un de ses yeux est resté ouvert » et que « le tueur l'a crevé à onze reprises avec un tournevis taillé à la meule ». Il s'arrête. « Meule ». Ses yeux désertent l'article, s'attardent sur un couple de retraités, puis se replongent dans le *Star*. Il relit, marque un temps d'arrêt, bazarde le journal et fonce vers sa Maxi. « Meule ».

15 h 35.

Frein à main. Contact. Portière. « Meule ». Moorside Road. Voitures. Klaxons. « Meule ». Tunnel. Détritus. Odeur de pisse. « Meule ». Immeuble. Voisine bandante. Escalier. « Meule ». Précipitation. Sixième étage. Essoufflement. « Meule ». Clef. Porte. Studio. « Meule ». Dossiers de George. Vingt-trois suspects. Relecture. « Meule ». Leeds. Manchester. Huddersfield. Sunderland. Bradford.

15 h 56.

Il relit à présent celui de Witcliffe dont George avait décrit le garage, où figuraient notamment sa Ford rouge, son marteau, un établi et…

15 h 57.

… une meule.

46

Le lendemain

6 Garden Lane, Bradford.

Après la grêle et la pluie, c'est finalement la neige qui s'est abattue cette nuit sur la région. En quelques heures, la petite Grise a ainsi perdu son surnom, disparu sous plusieurs centimètres de blancheur féerique. Cette neige exaspère les adultes – automobilistes et piétons – mais ravit les enfants, émerveillés par ce « Noël avant l'heure ». Ceux de Paul et Sonia Witcliffe, âgés de huit et six ans, sortent de la maison en laissant la porte ouverte. Winston, le labrador de la famille, en profite pour les rejoindre dans le jardin au désarroi de leur mère. Elle sort à son tour et, boutonnant son manteau, les rappelle à l'ordre :

– C'est pas possible, ça ! Papa vous avait dit d'attendre qu'il sorte la voiture !

– On arrive, m'man !

Robin, l'aîné, amasse de la neige dans ses moufles et cible le cartable de sa sœur. Aboiements, rires et riposte immédiate d'Elizabeth : touché en pleine cagoule, Robin échoue contre la niche entravée de stalactites. Sonia soupire et, les mains sur les hanches, apostrophe son mari dans le hall :

– Chéri, Winston est sorti ! Il va encore nous salir la maison !

– Tu n'as qu'à l'appeler, répond Witcliffe en enfilant son imper noir.

– Tu sais bien qu'il ne m'écoute jamais !

– Pff ! Winston, viens ici ! WINSTOOOON !

Le labrador cesse de tournoyer autour des enfants et, la langue pendante, revient en reniflant le sol. Sa truffe blanchie hume les bottes en caoutchouc de son maître. Celui-ci le saisit par son collier, le ramène à l'intérieur et retrouve son épouse dehors. Sonia verrouille la porte, puis lui confie les clefs :

– Les enfants ! Arrêtez de jouer ! Vous allez attraper froid !

– Revenez sous le porche ! enchaîne leur père.

Robin se rétablit, rajuste sa cagoule et accourt vers eux. Le voyant arriver, Elizabeth se précipite pour le devancer. Course, rires et victoire de Robin. Essoufflé, il nargue sa sœur, laquelle cherche du réconfort auprès de leur mère. Tandis qu'elle lui noue son écharpe, leur père traverse le jardin enneigé en direction du portail… derrière lequel est posté Mark, une Dunhill aux lèvres :

– Bonjour, Mr Witcliffe.

– Bonjour… ?

– Inspecteur Burstyn.

Sans le quitter des yeux, il fouille la poche de sa veste et sort sa carte. Witcliffe l'ignore, préférant fixer cet officier dont il considère l'apparence avec un dédain appuyé. Ils se jaugent mutuellement, avec la férocité contenue de deux gladiateurs avant un combat. Tension si palpable qu'elle semble figer la vie et suspendre les flocons tout autour. Mark soutient le regard perçant de cet homme qui, jusqu'à présent, n'était pour lui qu'une photo dans les dossiers de George.

Witcliffe lorgne enfin sur la carte et la commente d'un sourire, qui plisse ses yeux noisette. Il ouvre le portail grinçant, le bloque contre sa boîte aux lettres et abandonne le visiteur sur le trottoir. Mark jette sa cigarette et lui emboîte le pas, sous le regard surpris de Sonia et des enfants. Il les salue de la tête, avant de rejoindre Witcliffe devant le garage fermé :

– Mr Witcliffe, navré de vous déranger si tôt, mais…

– « … j'ai quelques questions à vous poser », c'est ça ?

– Une seule suffira.

– Hélas, je n'ai pas le temps. Je dois accompagner nos enfants à l'école.

– Où étiez-vous la nuit dernière ?

Indifférent, Witcliffe insère l'une des clefs dans la serrure. Il tourne et, d'un coup sec, fait basculer la porte du garage. Le métal coulisse bruyamment contre le rail, puis se bloque, aujourd'hui encore. Comme tous les matins, il y remédie d'un coup d'épaule. Il pénètre dans son garage obscur, où Mark le rejoint :

– Mr Witcliffe, vous ne m'avez pas répondu.

– Je sais.

– Répondez.

– Je ne suis pas tenu de le faire.

– Certes, mais je pourrai vous y contraindre.

– Au risque que je dépose une plainte contre vous ?

– Pour harcèlement, comme vous l'aviez fait envers l'inspecteur Knox ?

– Exact. J'ai d'ailleurs été peiné par le décès de votre sympathique confrère. Il est un peu tard pour cela, mais je vous adresse mes cond…

– Nous savons tous les deux que George n'était pas sympathique, alors cessez votre numéro. Répondez ou, cette fois, vous aurez des raisons de porter plainte.

– Des menaces, inspecteur ?

– Oui.

– Eh bien, soit : cette nuit, j'étais chez moi.

– Votre épouse peut-elle le confirmer ?

– Vous aviez dit « une question ».

Nouvelle tension, rendue plus oppressante par l'opacité caverneuse. À cette nuit quasi mystique s'ajoute un silence, à peine troublé par une brise qui dépose quelques flocons à leurs pieds. À quelques mètres de là, Sonia et les enfants – ignorant tout de la scène – s'impatientent sous le porche.

– M'man, c'est qui, le monsieur ?

– Un voisin, ment-elle avant de crier, CHÉRI ! TOUT VA BIEN ?

– OUI ! J'ARRIVE ! répond Witcliffe…

… en tirant la ficelle de l'ampoule du plafond. Clic. Lumière. Choc. En une microseconde, Mark se retrouve projeté dans l'univers que George avait décrit dans son dossier. Un garage étrangement familier, de cet établi poussiéreux à ces outils fixés au mur, en passant par ces sacs de ciment et cette meule, là, qui concrétise sa suspicion. Un an après la venue de son ami, rien ne semble avoir changé, si ce n'est la présence d'une Rover V8 3500 noire.

– Vous avez changé de voiture ?

– Oui. Au bout de quatorze ans, notre Ford nous a lâchés l'hiver dernier.

– Avant ou après l'assassinat de Mary Sheridan ?

Witcliffe sourit à nouveau – « morsure sur le sein gauche d'une profondeur d'1,13 cm avec déchirement de l'aréole et dislocation des tissus adipeux » – et ouvre la portière de gauche, que Mark referme violemment. Il le défie du regard :

– Je sais.

– Vous savez quoi ?

– Je sais que c'est vous.

– J'ignore de quoi vous parlez, inspecteur.

Il rouvre sa portière, Mark la claque à nouveau, puis retire sa veste. Perplexe, Witcliffe le regarde la jeter sur le capot et ouvrir sa chemise. Mark exhibe son torse :

– Paul, je n'ai aucun micro sur moi.

– Tant mieux pour vous.

– Je vous sais assez habile pour n'avoir conservé aucune preuve chez vous. Je vous demande simplement, après toutes ces années, de me dire la vérité. Ici, maintenant, entre nous.

Son interlocuteur hausse les sourcils, séduit par tant de culot. Leur rencontre passe de la confrontation au duel. Witcliffe croise ses bras et soutient le regard de ce policier plus jeune que lui. Ils s'affrontent à nouveau, dans un chaos silencieux. Une seconde pour Mark et une éternité pour Witcliffe, qui cille le premier. Il décroise ses bras, caresse longuement sa barbe et s'apprête à parler, quand son fils apparaît :

– P'pa, on va être en retard ! Beuh… pourquoi le monsieur, il a ouvert sa chemise ?

– Je ne sais pas. « Le monsieur » ferait mieux de rentrer chez lui, sinon il risque d'attraper froid.

Il ouvre la portière arrière droite. Son fils détaille Mark avec étonnement et s'assoit sur la banquette arrière. Witcliffe referme, puis contourne sa voiture dans une décontraction insultante. Mark le regarde s'installer au volant, récupère sa veste sur le capot et reboutonne sa chemise. Il recule ensuite jusqu'au dehors, retrouvant la mère et sa fille. L'air ahuri, celle-ci regarde Mark remettre sa veste. Sonia, inquiète :

– Un problème, inspecteur ?

– Non.

– C'est encore au sujet de « L'Éventreur » ? Vous savez, vos collègues ont déjà interrogé plusieurs fois mon mari et…

Elle poursuit sa phrase qu'il n'entend pas, il est focalisé sur Witcliffe. À travers le pare-brise, il le regarde démarrer le moteur en parlant à son fils. « P'pa, c'est qui, le monsieur ? », « Rien, mets ta ceinture ». Mark regarde la Rover sortir et se tourne vers l'épouse. Dans son dossier, George avait précisé qu'elle était infirmière de nuit. Mark consulte sa montre. 7 h 32, trop tôt pour rentrer du Swan. Mrs Witcliffe a donc changé de planning et confirmera sans doute l'alibi de son mari. À moins que…

– J'ai l'impression de vous avoir déjà vue. Vous n'êtes pas infirmière au Swan ?

– Oui, j'y travaille de nuit.

– Sacré métier. J'en sais quelque chose, ma fiancée est également infirmière.

– Ici ?

– Non, au York Hospital. Ça doit faire – il feint de réfléchir – au moins deux ans que nous n'avons pas dormi ensemble deux nuits d'affilée !

– Paul s'en plaint souvent, mais mes horaires ont un avantage : si la nuit est « calme », je peux rentrer plus tôt, comme aujourd'hui.

– Ma fiancée, aussi. Et puis, la nuit, elle a parfois le temps de me téléphoner. Ça nous fait patienter jusqu'à son retour !

– Nous aussi, mais c'est toujours Paul qui m'appelle pour éviter que la sonnerie réveille les enfants.

« Ou parce qu'il n'est pas chez vous, tout simplement », se dit-il en regardant Witcliffe immobiliser la Rover. Sonia dit à leur fille de saluer Mark, ce qu'elle fait d'un sourire angélique. Elizabeth se jette sur la banquette, où elle retrouve son frère. Chamailleries, rires et colère de Sonia. Tandis qu'elle installe sa fille, Mark et Witcliffe se défient une dernière fois au son du moteur.

Sonia embrasse le front de ses enfants, puis les lèvres de son mari. Un tendre baiser auquel il répond, en fixant Mark. Sonia sort enfin de l'habitacle, referme la portière et recule d'un pas, en frictionnant ses bras. Les poings serrés, Mark regarde la Rover descendre l'allée jusqu'à la rue déblayée au loin par une pelleteuse.

– Je vous aurais bien proposé un thé, dit-elle à Mark, mais je suis fatiguée. Je vais aller me coucher.

– Moi aussi.

– Vous non plus, vous n'avez pas dormi ?

– Non.

– Je vois… vous aussi, vous faites un sacré métier, inspecteur.

– Au revoir, Mrs Witcliffe.

– Au revoir, inspecteur.

Il glisse ses mains dans ses poches et, l'air grave, piétine l'empreinte des pneus jusqu'au trottoir. Sonia referme le portail, puis regagne sa maison d'un pas frileux. Mark reste là, immobile, à regarder la Rover s'éloigner à travers les flocons. À l'arrière, les enfants le saluent en agitant leurs moufles jaunes et bleues.

Un mois et demi plus tard, dans la nuit du 2 janvier 1981, le sergent Ring et l'agent Stalker patrouillent à bord de leur véhicule dans le quartier « chaud » de Sheffield. Tandis que Stalker lui raconte son réveillon, Ring aperçoit une prostituée monter dans une camionnette blanche. Malgré l'avis de son équipier, il décide d'intervenir pour racolage et suit le conducteur.

La filature prend fin sur Melbourne Avenue, où Stalker le somme de se garer. Il s'exécute et présente ses papiers, puis ceux du véhicule. De son côté, Ring contrôle la passagère, que l'homme reconnaît avoir sollicitée dans un but sexuel. Il demande alors à aller uriner dans les buissons, ce qui lui est accordé eu égard à son honnêteté. L'homme rejoint peu après les officiers, en train d'examiner ses plaques d'immatriculation. Interrogé, il avoue les avoir maquillées et se retrouve conduit au poste de Hammerton Road. Il y passe la nuit, les polices du Nord ayant pour consigne de placer en garde à vue les individus interpellés en présence d'une prostituée.

Le lendemain, l'homme est transféré au Dewsbury Police Station où le brigadier O'Boyle le questionne sans relâche. Serein, il coopère volontiers, allant même jusqu'à sympathiser avec les autres officiers. O'Boyle relit alors le procès-verbal du sergent Ring et décide de se rendre à Sheffield, sur les lieux de l'arrestation. Vingt minutes plus tard, il arrive enfin sur Melbourne Avenue, où il fouille les buissons. Il y découvre un marteau à pannes rondes et un couteau.

De retour au poste, O'Boyle montre les outils à ses confrères stupéfaits, comme lui. Il s'empresse alors de téléphoner au West Yorkshire Police Station, pour informer le superintendant Caine. Sans prévenir ses hommes, celui-ci se précipite dans sa voiture et parcourt en neuf minutes les dix miles le séparant de Dewsbury. Arrivé en sueur, il exige de rencontrer l'individu, qu'il confronte au marteau et au couteau. Son silence le conduit à contacter le C.I.D. de Bradford. Éberlué, Mark se jette aussitôt dans sa Maxi et, une demi-heure plus tard, arrive au Dewsbury Police Station…

… où il reconnaît Paul Witcliffe.

Épilogue

3 avril 1981

Old Bailey, Londres.

Bâti sur l'ancienne prison de Newgate, le célèbre tribunal siège entre Holborn Circus et la cathédrale Saint-Paul. Il sépare donc la modernité de l'un et la froideur religieuse de l'autre, deux symboles caractéristiques de Londres. Contemporaine et classique, stressée et flegmatique, musicale et paisible, elle est sans conteste la plus ambivalente des capitales occidentales. Cette diversité contraste avec la neutralité du tribunal, représentée par la statue trônant sur son dôme. Un glaive dans la main droite et une balance dans celle de gauche, celle-ci n'a pourtant aucun bandeau sur les yeux. Un symbole de plus, et non des moindres.

Bref, c'est ici que se traitent les principales affaires criminelles de la ville, mais aussi d'autres régions dans des cas exceptionnels, et Witcliffe en est un. Son arrestation a été accueillie avec un soulagement national qui, depuis, fait quelque peu oublier la crise au peuple. Après six années de terreur, les femmes du Nord peuvent enfin ressortir la nuit sans craindre le pire. Leur apaisement s'est transmis à tout le pays dans une liesse qui rappelle aux anciens celle du lendemain de la guerre.

Débuté fin février, le procès s'est ouvert dans une atmosphère électrique. Après les manifestations, ce sont les embouteillages qui ont paralysé la ville. Les *bobbies* ont donc été triplés pour faciliter le transfert de Witcliffe de la prison d'Armley, à Leeds. Un dispositif instauré durant tout le procès, lequel a failli ne jamais avoir lieu. Avant la mise en accusation du prévenu, le procureur, les avocats de la Couronne et de la défense se sont en effet accordés sur sa schizophrénie paranoïde. Cela lui aurait valu d'être interné, ce que le juge Boreham a vivement rejeté. Witcliffe malade, oui, mais surtout coupable. Une opinion partagée par le peuple, présent en masse aux portes d'Old Bailey.

Au fil des audiences, le procès s'est transformé en attraction mondaine, visitée par des curieux venus de tout le pays. Cette frénésie n'a jamais été aussi dantesque qu'en ce 3 avril et pour cause, le procès s'achève aujourd'hui. En ce dernier jour, le tribunal a vu défiler davantage encore de psychiatres, de notables, des stars telles que Pat Jennings – le goal d'Arsenal – et... mais voilà que sortent deux motos de police et le fourgon. Ruée des journalistes, résistance des agents, fureur des anonymes :

« SALAUD ! »
« ON AURA TA PEAU ! »
« CRÈVE EN ENFER ! »

Sous les huées, le fourgon déserte l'enceinte du tribunal, suivi de deux autres motos. Canettes, crachats et insultes violentent l'escorte motorisée jusqu'au carrefour, où une trentaine de *bobbies* retient la foule. Le barrage résiste, lorsque les familles sortent à leur tour. Les correspondants du *Post*, du *Guardian* et de nombreux autres – même de toute l'Europe – se ruent sur les parents de la petite Jayne :

– Mr AND Mrs TEMPLE ! ÊTES-VOUS SATISFAITS DU VERDICT ?

– APRÈS TANT D'ÉCHECS, QUE PENSEZ-VOUS DE LA POLICE ?

Alors que le père répond, les divers acteurs de l'enquête apparaissent. D'abord, le toujours moustachu Caine, puis Powell et les autres. Au départ des parents, c'est au tour de Caine d'être harcelé par les journalistes. Des deux mains, il les invite au calme et se prête aux questions, un jeu auquel il a pris goût depuis sa promotion.

– Mr CAINE ! QUE PENSEZ-VOUS DE…

– Avant toute chose, j'aimerais rendre hommage aux familles des victimes qui, durant tout le procès, ont fait preuve d'une grande dignité.

– QUE PENSEZ-VOUS DE L'ACTION DE VOS CONFRÈRES, NOTAMMENT L'INSPECTEUR KNOX ?

– Je salue la mémoire de cet officier émérite, dont l'absence a pesé sur le procès.

– POURQUOI L'INSPECTEUR BURSTYN N'Y A-T-IL PAS ASSISTÉ ?

– Demandez donc à son supérieur.

– EST-IL VRAI QUE VOUS CONVOITEZ LA MAIRIE DE WAKEFIELD ?

– Oui mais de grâce, messieurs, ce n'est ni le lieu, ni le moment.

Powell bourre sa pipe en l'écoutant mentir et, après trois heures d'audience, fume enfin. Le Dr Greenhill apparaît dans son dos, le bousculant malgré lui. La pipe lui échappe et se brise sur les marches. Caine les fusille du regard, avant de retrouver son sourire face aux micros. Derrière, Greenhill ramasse les débris – « Désolé » – et les remet à Powell, qui feint de n'y attacher aucune importance.

Vaughn sort à son tour avec deux psychiatres et Walter, vêtu d'un ensemble anthracite. Les micros se détournent de Caine, pour cibler son prédécesseur déchu. Harcelé, il descend rapidement les marches. Alors qu'il se fraye un passage, Whitelaw – toujours au Home Office – sort à son tour. Sa présence aimante les médias et Walter en profite pour échapper à la mêlée. Une dizaine de journalistes le traquent jusqu'à l'ancienne entrée, plus utilisée depuis l'attentat d'il y a sept ans. Walter les regarde s'éloigner, quand une mouette attire son attention. Il la regarde planer entre les nuages cotonneux, jusqu'à ce qu'elle disparaisse derrière Old Bailey.

Walter desserre sa cravate et arpente la rue, noircie de monde. Pensif, il longe la file interminable de ces « citoyens responsables », venus en famille assister à la sortie du « monstre ». Les femmes ici, Walter comprend. Leurs maris qui ont eu si peur, aussi. Mais les autres, non, il ne voit pas ce qu'ils foutent là. Tous ces autres, soulagés par l'arrestation de Witcliffe que beaucoup – au fond d'eux-mêmes – auront aimé détester.

Arrivé au coin de la rue, il tourne à gauche, dépasse une animalerie et longe un parc pour enfants, en direction d'un banc. Assis à l'extrémité droite, Mark pioche une frite dans sa barquette et la jette aux pigeons, qui bataillent à ses pieds.

– Vous n'avez pas faim ? lui demande Walter.

– Si, mais elles sont dégueulasses. Alors ?

Walter s'assoit à côté de lui. Il ouvre son paquet de Benson and Hedges, en allume une et observe les pigeons se partager férocement la frite.

– Trente ans, répond-il enfin.

– Ah.

– Vous êtes déçu ?

– Surpris. Je pensais que Witcliffe jouerait au dingue pour viser l'internement.

– Oh, il a essayé. Il a dit que, lorsqu'il était fossoyeur à Bingley, la voix de Dieu lui avait ordonné de tuer des « salopes ».

– Pff ! Sûrement une idée de son avocat.

– Ça a énervé le juge : il a rappelé à Witcliffe qu'il n'avait pas tué que des putes et n'avait jamais mentionné de voix, auparavant.

– Bien joué. Et qu'a dit Witcliffe ?

– Il a souri.

Mark n'a pas assisté à la scène, mais l'imagine sans mal. Un sourire pour cacher un présent criminel et un passé peu réjouissant, que Witcliffe lui a confessé au poste de Dewsbury : bébé chétif pesant 2,2 kilos à sa naissance, enfant timide, adolescent chahuté par ses camarades et son propre père. Contrairement à lui, Paul n'aimait pas le sport, ni l'alcool et le sexe. Soumis aux moqueries des uns et des autres, il trouvait réconfort auprès de sa mère, à laquelle il vouait un amour sans limites.

– Et après ? demande Mark.

– Le juge l'a sommé d'expliquer ses actes et Witcliffe a raconté qu'un jour, son père avait surpris sa femme au lit avec un flic du coin.

– Je vois le genre : « désacralisation de la mère », « rejet de la police », etc.

– D'autant que son père l'a obligé à assister à la confrontation. Witcliffe a dit que voir sa mère à poil et humiliée l'a totalement chamboulé.

– Mouais… un peu léger, comme explication.

– C'est quand même plus plausible que la voix de Dieu, et ça suffit aux psys.

– Et vous, vous y croyez ?

– Tout ce que je sais, c'est que, quelques années plus tard, il a commis sa première agression avec une pierre à l'intérieur d'une chaussette…

« … comme à Keighley, il y a six ans », se dit Walter en songeant à George. Depuis le début du procès, il pense à lui tous les jours, mais n'en parle pas. Pas même à Emma. Quant à Mark, il ne l'a plus évoqué avec lui depuis l'enterrement. Trop dur.

– Il a reconnu tous ses crimes ? poursuit Mark.

– Oui, ainsi que sept agressions « ratées », mais pas les lettres. C'était bien un canular, comme pour la cassette.

– Il y a donc, quelque part, un connard en liberté.

– Un parmi d'autres, soupire Walter.

– Bah… au moins, Witcliffe va payer, lui.

– Le père de Jayne a dit que trente ans, ce n'était pas cher payé pour « tout ça ».

– Et qu'en pensez-vous ?

– J'en pense qu'il a perdu sa fille et que j'ai toujours mon fils. Vous savez, Witcliffe a failli échapper à la taule : le proc' était prêt à abandonner l'accusation de meurtre s'il plaidait l'homicide sans préméditation, mais le juge a refusé de marchander.

– S'il avait accepté, ça aurait épargné aux familles les détails des crimes. C'est con que « tout ça » ne se soit pas passé de l'autre côté de la Manche.

– Pour que Witcliffe s'en prenne aux Françaises ?

– Non, pour qu'il se fasse raccourcir.

Walter acquiesce, animant la fumée de sa cigarette. Mark jette la dernière frite aux pigeons, pose la barquette entre eux. Il fouille la poche de sa veste et sort son paquet de Dunhill. Walter lui tend son briquet.

– Merci, dit-il en allumant une cigarette, alors ça y est… c'est fini.

– Pour Witcliffe, oui. Pour nous, ça ne fait que commencer : certains proches des victimes envisagent de porter plainte.

– Hein ?

– Je les comprends. On a fait pas mal d'erreurs, moi le premier.

– On a surtout fait ce qu'on pouvait ! peste Mark.

– Et ça n'a pas suffi. On a perdu du temps, des infos… et puis, la lettre.

– Quoi ?

– Vous ne savez pas ? En octobre, un type a dénoncé Witcliffe dans un courrier. Il a même dit qu'il était avec lui, juste avant l'agression à Halifax.

– Je l'ignorais. Comment le savez-vous ?

– L'une de vos collègues l'a retrouvée, quelque part.

Les lèvres de Mark se crispent sur le filtre de sa cigarette. « Octobre… si je l'avais su, Linda Hills serait encore vivante. » Peut-être. Peut-être pas. Si, sûrement. Toujours vivante, pour continuer à sucer des porcs derrière une poubelle. Putain d'injustice. Putain de lettre. Et putain de mec, qui met six ans à se manifester. Fini le temps de la bravoure, où le pays engendrait autre chose que des indécis et des lâches. Il avale une bouffée de tabac et s'adresse à Walter, sans le regarder :

– Et à part ça, comment ça se passe à Warrington ?

– Ça se passe. Et vous ?

– Oh... la semaine dernière, on a coffré un gang de cambrioleurs. Des serruriers, qui se faisaient des couilles en or en réparant les portes de leurs victimes.

– En voilà qui plairaient à Thatcher, et voyant Mark se lever : vous partez déjà ?

– C'est la première fois que je viens ici, j'aimerais visiter un peu.

– À 18 heures ? Tout est fermé.

– Alors, j'irai voir la Tamise.

À ces mots, Mark songe à nouveau à George et se demande ce qu'il aurait fait à l'issue du procès, s'il était encore là. Veuf et renié par ses pairs, il serait peut-être resté un peu ici, à Londres, n'ayant rien d'autre à faire. Il aimerait bien savoir. Walter doit savoir, lui. Mark pourrait le lui demander, mais s'en défend par pudeur. Et aussi, parce que cela serait inutile. En fait, ce qu'il veut, c'est parler de George avec celui qui l'aura sans doute le plus connu. Il se risque à le faire, de manière détournée :

– Merci de m'avoir donné les dossiers de...

– De rien, l'interrompt Walter en lui serrant la main.

– Je... hum... je ne sais pas comment vous le dire, mais...

– Alors, ne le dites pas. Si un jour, vous allez à Warrington, passez me voir.

– Idem pour vous. Bonne continuation, Walter.

– À vous aussi.

– Mes amitiés à votre épouse, dit Mark avant de libérer sa main.

Il jette sa cigarette et traverse Ludgate Hill, les mains dans les poches. Il laisse passer un bus, rejoint le trottoir où se bousculent les Londoniens. Il se mêle à la foule et, perdu dans ses pensées, dépasse une prostituée sans la voir. Postée sous un porche, elle attend de pouvoir se vendre au premier venu. Sa veste entrouverte révèle des seins encore adolescents et un ventre bombé d'avenir, palpitant au rythme d'un « no future » utérin.

Composition et mise en pages : FACOMPO, LISIEUX

Achevé d'imprimer en août 2012
par Novoprint (Barcelone)

Dépôt légal : août 2012

Imprimé en Espagne